서른 살 사춘기,
삼십춘기

서른 살 사춘기,
삼십춘기

오수정 지음

harmonybook

당신도 삼십춘기인가요

살아가는 모습은 각양각색이다. 하지만 모두가 다른 모습을 한 각자의 겉꺼풀을 벗겨내면, 이 사람 저 사람의 고민 그리고 현생에서 오는 문제는 비슷한 얼굴을 하고 있을지도 모른다.

자아에 눈을 뜬 뒤 끝없이 평온함을 갈구한 나는, 꽤 오랜 시도 끝에 '안온함' 비슷한 감정을 겨우 느껴보았다. 이 또한 폭풍의 눈 한가운데일지도 모르지만. 어쨌든 지금은, 그러니까 좋다.

타고나길 불안도가 높은 성격은 매 순간에 걸림돌이 되었다. 이를테면 잘 해낼 수 없을 것 같으니, 그냥 시도를 안 하면 된다는 식이었다. '아무것도 하지 않으면 아무 일도 일어나지 않는다.' 따위의 명언을 접해도 코웃음이 났다.

'하면 뭐가 바뀌나?'
라고 생각하기를 오래. 내 삶은 점점 좋지 않은 방향으로
침전되어 갔다. 솥에서 삶기는 개구리처럼 점점 팔다리가
굳어지는 게 느껴졌던 나는, 한번 큰 용기를 냈다.

'그냥 해 볼까? 그냥 해 본다!'
이미 발가락 정도는 익어있었던 것 같지만, 솥 밖으로 뛰
어 나가 분주히 움직이니 감각이 되살아나는 것 같았다.

'하니까 되잖아?'
뒤통수를 한 대 얻어맞은 기분이었다. 오래간 경멸해왔

던 명언이 틀린 말이 아니었다니. 흘러간 말들이라 여겨왔던 격언이 인류 문화의 정수였다니.

뒤늦은 사춘기를 겪는 한 여자가 겪고 고민한 이야기를 모았다. 한 이야기가 끝날 때마다 당신에게도 질문을 남긴다. 취업 이직 결혼 이야기 말고, 진짜 나를 위해 서른 즈음에 한 번은 꼭 해봐야 할 질문을. 비슷한 모양의 집에서 비슷한 오늘을 살아가는 우리기에, 타인이 던지는 닮은 고민이 당신에게 와닿을지도.

고민은 머리가 아프다. 마주하면 고통스럽다. 어떤 고민은 더 큰 고민거리를 끄집어낼지도 모른다. 그럼에도 머리 싸매고 고민하고 울어내는 과정은 의미가 있다. 고민은 무언가를 간절히 원하기에 피어난 결정체다. 걱정은 조금 더 나은 내가 되고 싶다는 소망의 증거다. 그러니까 고민이 많은 당신은, 더 잘 살아갈 잠재력을 지닌 사람이다.

삼십춘기의 수많은 고민을 봄-여름-가을-겨울로 나눠 묶었다. 계절처럼 시나브로 지나가는 질문이, 잊고 살던 당신의 고민과 닿기를 바란다. 어떤 고민 방울은 피-식…. 힘없이 터질지도, 어떤 고민 방울은 빵! 크게 터질지도 모른다. 우리 발아래 비정형적 크기와 모양으로 위태롭게 쌓인 고민을 모두 터트려내고 나면. 우리의 삶도 조금은 더 단단해질지도 모르겠다.

당신도 삼십춘기인가요?

차례

여름

가을

겨울

봄

나를 잘 이해해 주는 사람

나를 가장 잘 이해해 주는 것 같던 첫 번째 사람은 엄마였다. 내가 나를 잘 알지 못했던 시절, 나를 향한 엄마의 사랑이 절대적으로 보이던 시절. 난 엄마 말을 우리 동네에서 제일 잘 따르는 아이였을 거라고 자부한다.

그녀 자신의 삶에 남은 '후회'가 '사랑'이란 이름으로 내게 투영되었던 사실을 안 것은, 이십 대 초반이었다. 아쉽게도 그녀는 당면한 삶에 급급하여 자신에 대한 이해조차 완성하지 못한 채 엄마가 된 것 같았다. 그리곤 자신이 동경하는 모든 삶의 모습을 모아다 내게 조사했다.

내게 비추어진 욕망은 무척 단단하고 건강한 것들이었다. 부모님과 선생님의 말씀을 잘 듣기, 안정적인 직장을 갖기, 술과 담배를 멀리하기. 실하고 아름다운 가치들이 맞았으나, 뒤늦게 떠올려 보건대 사실 내가 바라는 가치는 아니었다.

사랑이란 이름으로 주입된 가치들에 지친 뒤, 나는 더욱 나를 탐색하는 일에 몰두했다. 나에 대해 완전히 알기 전에는 절대 엄마가 되지 않겠다는 다짐을 되새기며 말이다.

두 번째로 나를 이해해 줬던 사람은 이십 대 초반에 만났던 인생 두 번째 남자친구였다. 나와는 두 살 밖에 나이 차이가 나지 않았으나, 이십 대 중반의 그를 나는 아주 '현명한 사람'으로 기억한다. 그는 때때로 나보다도 나를 더 잘 이해하는 것 같았다.

너무 오래간 익숙해져 버린 내 삶의 숙제들을 그는 새로운 시각으로 바라봐주었다. 그가 중요하게 생각하던 가치들은 엄마가 말했던 가치와 정면 대치되는 것들이 많아 혼란스러웠다. 술이 인생에 어떠한 재미를 가져다줄 수 있는지, 착하기만 한 착한 사람이 얼마나 실은 불행한 사람인지.

그와 연애하는 동안 엄마의 가치와 그의 가치가 정반합을 이루어, 감히 내 인생관이라 일컬을 만한 작은 의미들이 내 안에 퐁퐁 생겨나기 시작했다.

그래서 결국, 나를 가장 잘 이해하는 인간은 나일 수밖에 없다는 결론에 이르렀다. 타인은 어찌 되었든 각자의 경험에 비추어 타인을 이해하기 마련이니까. 종일 빈둥대는 주말이면, 엄마는 나를 '할 일 없이 인터넷만 하는 중'으로 생각했을지도 모르겠다. 실은 너무 많은 할 일 앞에서 잠시 간 숨을 고르는 중인데 말이다. 혹은 너무 큰 슬픔에 잠기어 오늘은 아무것도 할 수 없는 상태일 수도 있는데. 무용히 시간이 흘러가는 주말에도 의미를 부여하며, 생체리듬을 가다듬는 일은 결국 나만이 내게 줄 수 있는 선물이다.

사랑하는 부모님도, 사랑하는 남자친구도. 나만큼은 나를 들여다볼 수 없다는 결론에 이른 뒤. 나는 너무나 어렵게만 느껴지던 인생의 갈림길 앞에서 더 이상 타인에게 끝없는 질문을 하지 않게 되었다. 선배, 친구, 부모님, 가족들에게 끝도 없이 조언을 구하던 내가 달라지긴 한 것 같다.

유치한 말이지만, '내 마음이니까.'

선배, 친구, 부모님, 친척 언니, 애인은 영원히 알 수가 없는 일이니까.

당신을 가장 잘 이해해 주는 사람은 누구인가요?

취향과 사치

  나는 내가 어떠한 분야에 뚜렷한 취향이 없을 때 부끄러웠다. 음악 장르에 대한 매니악한 취향이 없음을, 술에 대한 깊은 기호가 없음을, 패션에 대한 센스와 취향이 없음을 부끄러워했다.

  사실, 취향을 발견하는 과정이 쉽지가 않다. 그건 많은 시간과 노력 그리고 돈을 필요로 하기 때문이다. 평범한 가정에서 자라 지금도 평범하게 살아가는 나는, 평생 사치를 금기시하고 근면 성실을 강조해 온 부모 밑에서 자란 나는. 사치라는 표현이 참 낯설다. 꼭 내 취향인 술을 찾으려면 취향이 아닐 술을 몇십 잔은 마셔 봐야 했으며, 나만의 패션에 도달하려면 그사이에 수많은 쇼핑 실패가 있어야 했다. 그 실패를 기꺼이 감내하지 않은 나는, 어떤 분야에서 독보적인 감각과 남다른 취향을 선보이는 사람이 부러웠다. 그리곤 나의 미성숙한 취향을 '다 좋다'는 말로 얼버무리고 했다. 다 좋다는 말은 사실 그중에 어느 것도 잘 모른다는 뜻에 가까웠다.

얼마 전 우연히 읽은 교양은 '허영'으로부터 시작된다는 이동진 영화 평론가의 인터뷰가 무척 공감되었다. 인터뷰 내용을 일부 발췌해 소개한다.

> 그런데 저는 문화에서는 허영이 필요하다는 입장이에요. 요즘 관객들은 허영이 없어요. 아니 내가 졸려 죽겠는데 이 영화를 왜 참고 봐야 해? 한다는 거죠. 우연히 낚여서 〈희생〉 같은 영화를 보면 욕하고 나와요. 감독의 자의식으로 충만한 쓰레기 영화다, 라는 말을 거침없이 날리죠. 말하자면 지금 관객이 훨씬 더 주체적이고 허영이 없는 거죠. 그런데 그게 아주 훌륭한 장점이기도 하지만 단점이기도 해요. 허영이 없으면 문화적으로 다음 단계로 도약할 수가 없어요. 허영이 있다는 건 자기 마음속의 빈 곳을 스스로 의식한다는 거잖아요. 그래서 그걸 채우려고 노력하고, 허영이 없으면 자

기 스스로 충만하다고 생각하기에, 뭔가 다른 걸 자기 마음으로 초대할 만한 구석이 없어요. 지금으로도 충분히 재밌는데 왜 내가 타르코프스키를 보며 괴로워야 돼? 이런 식인 거죠. 그러면 그 사람은 어떤 특정한 문화적 시선, 세상을 보는 새로운 창에 대해 영원히 문을 닫아버리는 거예요.

1990년대 중반의 관객은 오늘은 짐 자무쉬 영화를 보러 가서 자고, 다음날은 타르코프스키 영화를 보면서 잤더라도, 졸지 않고 본 5분씩이 쌓이고 쌓여서 어느 순간 도약의 순간을 경험해요. 훈련이 되니까요. 대중문화도 교양이니까 훈련이 필요해요. 사실 누가 봐도 재미있는 영화조차 그 영화를 볼 수 있는 훈련과 교양이 쌓여서 즐길 수 있게 된 거예요. 〈매트릭스〉 같은 오락영화도 1950년대 우리나라 지식인들이 갑자기 타임머신을 타고 와서 봤다면 하나도 재미가 없다고 할 거예요. 지금 우리가 〈매트릭스〉를 즐길 수 있는 건, 그걸 즐길 수 있을 만한 토대를 자라오면서 자기도 모르게 학습했기 때문이죠. 그래서 평균적으로는 지금 관객이 훨씬 더 똑똑하지만, 조마조마한 면이 있어요.

(이동진, 서울문화재단 월간지 문화+서울, 2010)

어떤 분야에 교양을 갖추기 위해서는, 약간의 지적 허영과 그로 인한 '자발적 괴로움을 감내하는 시간'이 필요하다는 내용이었다. 정신적·물질적 가릴 것 없이 온갖 종류의 허영을 거부하며 살아온 나는, '그래서 내 삶의 곳곳에 딥-한 취향이 없음'을 깨닫고 다소 좌절할 뻔하기도 했다.

하지만 인생은 길 것이다. 이제부터는 내가 원하는 분야의 교양을 쌓기 위해서 지속적인 사치를 해 나갈 생각이다. 지적 허영을 만족시키기 위해, 실은 대단히는 흥미가 없는 분야의 책일지라도 이것저것 읽을 것이고 지루함을 꼭 꼭 이겨내며 마지막 페이지를 넘길 것이다. 허영으로 시작된 각종 탐닉이 결국 나를 그 분야의 취향에 도달하게 해줄 것이라 믿는다.

이 이야기를 쓰면서 생각해 보자니, 그간 내 나름 사치 한 분야가 있기는 하다. 사치의 정의란 사람마다 다르겠으나, 국어사전의 정의에 따라 '필요 이상의 돈이나 물건을 쓰거나 분수에 지나친 생활을 함'으로 규정지어 본다면.

여섯 달 동안 아르바이트해 모은 천만 원을 오롯이 털어

넣은 20대 초반의 아프리카 여행.

　마이너스 통장을 뚫어서 중남미로 향했던 20대 중후반의 시간.

　마이너스 통장을 채 다 갚기도 전에 떠난 20대 후반의 인도행.

　이제 와 생각해 보니 사치가 맞다. 새로운 세상을 구경해 보고 싶다는 정신적 허영 그리고 금전적 사치, 두 가지 조건을 모두 만족하는 일이다. 이동진 평론가의 말처럼, 그 허영과 사치를 통해서 나는 가장 좋아하는 취미이자 평생 계속해 나가고 싶은 업을 발견했다.

　무엇이 우리에게 참된 즐거움을 줄까? 이것이 바로 사치와 관련된 질문이다. 물론 그에 대한 답은 사람에 따라 다를 것이다. 라즈베리 한 근으로 그녀는 자신에 풍요로움을 선물한 것이다.

　창조적 생활에는 자신을 위한 사치스러운 시간이 필요하다. 모닝페이지를 단박에 쓰는 15분, 일을 마친 후 잠시 욕조에 몸을 담그는 단 10분 만이라도 말이

다. 창조적 생활에는 자신을 위한 사치스러운 공간도
필요하다. 우리가 꾸밀 수 있는 공간이 책장 하나, 한
뼘의 창문턱에 불과하더라도 말이다.

(줄리아 카메론, 아티스트 웨이, 경당, 2017)

이제는 확실한 다음 사치를 통해, 다음으로 푹 빠질 또
다른 취향을 발견하고 싶다.

당신의 최대 사치는 무엇인가요?

쑥국을 남김없이 떠먹는 나는,
어른이 된 것 같다.

"저녁은 쑥국이야."

"아 왜! 쑥국 진짜 싫다고!"

"쑥국이 어때서?"

"으, 생각만 해도 토할 것 같아. 냄새도 싫고 느낌도 싫고!
그냥 다 싫어. 나 안 먹어!"

"그럼 국은 네 것 안 뜰게. 다른 반찬이랑 밥 먹어."

"다른 반찬? 뭔데?"

불과 10년 전까지의 봄철 밥상 앞 내 모습이다. 된장국은
그럭저럭 잘 먹어도 쑥국은 기어코 마다하던 사람이 여기
에 있다. 쑥떡은 어찌어찌 먹으면서도, 물에 들어간 흐물
거리는 쑥은 한사코 거부했다.

쑥도, 된장도, 들깻가루도 먹을 수 있는데. 어찌 그 셋의 익숙지 않은 조합은 내 감각을 종합적으로 어지럽혔다. 냄새 때문일지, 식감 때문일지, 친근하지 않은 색감 때문일지. 한 숟가락만 떠먹어보라는 권유에도 한사코 그 요구를 거부하곤 했다.

봄이면 '쑥국-어택'은 집 식탁 위를 넘어 학교에서도 발생했다. 급식에서 쑥국이 나오는 날이면 그 초록과 갈색의 중간쯤 되는 국물이 내 소중한 밥을 한 톨이라도 물들일세라 조심조심 식판을 옮겼다. 선생님의 잔반 검사란 두려웠지만, 쑥국에 관한 내 심지를 꺾지는 못하였다. 매운 김치도, 미끈거리는 미역 줄기도, 비릿한 해파리냉채도 '한 입은' 먹을 수 있었지만, 쑥국은 절대로 아니었다.

지난 주말, 만발한 벚꽃과 개나리로 인해 꽃놀이 명소마다 차가 붐비었다. 나도 그 틈바구니에 끼어보려 북적대는 공원으로 나갔다. 4월치곤 이상하니 뜨겁다는 날씨. 온난화의 영향인지 뭔지 굳이 파악하고 싶지 않을 만큼, 훈훈하게 매끈한 공기가 옷소매 아래로 닿는 느낌이 좋았다. 공원에 나온 사람들의 얼굴에는 웃음이 가득했다. 각자 겪은 주중의 걱정, 수많을 개인의 힘듦. 바람이 방향을 바꿀 때마다 꽃비가 내리우는 이 공원 나무 아래에서는, 모두 그런 걱정일랑 잠시 잊은 듯 보였다. 부모들도 체면치레를 잊고 아이들과 같이 대형 비눗방울을 만들기 위해 달렸고, 커다란 비눗방울 사이를 온 동네의 애견들이 거닐었다. 행복한 사람들 가운데에 끼어있자니 나도 덩달아 행복해지는 것 같았다.

더 이상 어린 자식이 아닌, 그렇다고 부모도 아닌, 딱 그 사이 어디쯤의 나이. 부모들이 아이들의 눈높이에 맞추어 쉴 새 없이 비눗방울을 불어대는 모습이 짐짓 우습다가도, 부럽게 느껴지기도 했다. 부모만큼 크지 않았고 아이만큼 어리지도 않은 지금. 아직은 어리다고 울부짖고 싶지만 결코 어리다고만은 주장할 수 없는 지금. 나는 어른이 된 걸까, 아직은 어리다고 말해도 되는 걸까.

행복했던 지난 주말 꽃 나들이의 감정은 월요일 아침 알람 소리와 함께 물거품같이 사라졌고, 마주한 시간 앞에는 현실만이 일렁였다. 아침부터 새 업무와 지난주에 마무리 짓지 못한 일들이 파도처럼 밀려 들어왔다. 그렇지만 봄은 봄인지. 4월의 어느 날인 오늘, 회사 급식에 쑥국이 나왔다. 쑥국이라니. 절대로 스스로 요리할 일은 없다. 쑥은 어디서 사며 쑥국은 또 어떻게 끓인담. 제철 음식을 내어놓고자 하는 취지인가. 으, 옛날 생각이 났다. 이상한 향과 미끄덩거리는 젖은 풀의 식감. 식당 가까이에 가자 잊고 지냈던 그 냄새가 났다.

"국은 조금만 주세요."
  학교와 회사는 다르다. 여기서는 원치 않는 메뉴는 받지 않을 자유가 있으니. 그런데도 무슨 심산인지 조금은 그 이상한 국이 받아보고 싶어졌다. 왠지 이제는 먹을 수 있을 것 같다는 마음도 약간 들었다.

  초록과 연갈색의 가운데쯤 되는 국물을 반 수저 떠서 입에 넣었다. 된장국 맛에 쑥 향이 조금 나는 듯했다.
  '음 된장국이네. 먹을 수는 있겠는데?'

  다시 반 수저쯤 더 떠서 홀짝였다.
  '쑥 향 나는 된장국이네. 이걸 왜 그렇게 싫어했을까?'

아무렇지 않았다. 이상하게도. 생각만 해도 구역질이 날 것 같던 그 악마의 스프가 그리 역겹게 느껴지지 않았다. 과거 '역겹다'라고 생각했던 감상이 미안할 만큼 '아무렇지가' 않았다. 쑥 향이 나는 된장국. 이걸 왜 그리도 싫어했을까?

줄기째 숭덩숭덩 썰려 푹 삶아진 쑥도 숟가락으로 떠 입에 넣었다. 몇 번 씹을 새도 없이 미끈하게 목구멍으로 넘어갔다. 매끈하고 부들부들한 식감은 맞았지만 '미끄덩거리는 젖은 풀'로 격하할 만큼 나쁜 식감은 아니었다.

내 의지로 처음 먹어보는 음식이지만, 상상만큼 이상하지 않아서 쑥을 모두 건져 먹었다. 제철 음식이 내게 기운을 불어넣어 줄 거라는 미신 같은 상상과 함께. 쑥을 남김 없이 먹으면 나른하니 날아간 나의 기운이 다시 돌아올 거라는 기대와 함께.

입맛이 변한 걸까? '제철 음식은 몸에 좋다'는 사상이 그리 미신같이만 느껴지지는 않는 나이가 되어서 그런 걸까. 매일 알람을 맞춰놓고 비타민을 한 알씩 먹어대야 생존이 가능한 사회인이 되어서 그런 걸까. 솔직히 말해 처음 먹어본 쑥국은 맛있었다. 나쁘지 않은 정도를 넘어서.

점심 먹고 돌아오는 길에 이런 생각을 했다.
'앞으로 쑥국을 먹을 수 있겠다. 어쩌면 즐겨 먹을 수도 있겠다.'

그리고 문득, 부모님이 시원하다며 쑥국을 드시던 모습이 떠올라 '이제 나도 어른이 된 것 같다'라는 생각도 했다.

당신은 못 먹는 음식이 있나요?

벚꽃의 꽃말은

이른 퇴근 후 다른 동네로 향하던 버스 안이었다. 아직 아침저녁으로는 겨울이 끝나지 않은 것 같은데, 낮의 세상에는 이미 봄이 이만큼이나 다가와 있었다. 생경한 동네라 그런지 괜히 버스 창밖을 내다보게 됐다.

노란빛과 분홍빛의 작은 점이 나무 끝에서 돋고 있었다. 오늘 아침 출근길에도 저 점들이 피어나고 있었으련만, 빤히 쳐다보지 않으면 눈에 잘 띄지 않는 크기에 불과해 전혀 눈치채지 못했다. 바싹 말라 보이는 나무 끝에서 힘겹게, 하지만 분명히 작은 점이 솟아나고 있었다. 아직 봄비조차 내린 적 없고, 집안 화초처럼 누가 때맞추어 물도 주지 않건만. 알려주지 않아도 때 되면 깨알만 한 꽃봉오리가 돋는 게 대견했다.

그 기특한 모습을 보며 아주 의외로 조금은 슬픈 기분이 들었다. 뿌리 내린 자리에서 겨우내 견디는 데에, 봄보다도 먼저 저 작은 꽃망울을 만들기 위해, 온 에너지를 쏟았을 나무에 괜히 감정 이입이 됐다. 슬펐던 포인트는 '그래봐야 눈치채 주는 사람이 많지 않다'라는 점이다. 나무 한 그루는 제 업을 위해 뻗은 자리에서 최선을 다했지만, 이 버스에서 그 사실에 신경 쓰는 듯한 사람이 단 하나뿐이니 말이다. 그렇게 화사한 봄날의 색감과는 달리, 이상하게 채도가 빠져나가는 기분으로 이번 봄은 시작되었다.

그럼에도 벚꽃놀이는 아직 포기하고 싶지 않은 연례행사다. 지난 금요일에는 서울에 올라온 뒤로 처음, 석촌호수에 벚꽃을 보러 갔다. 퇴근 후 부리나케 달려간 석촌호수에는 벚꽃 잎만큼이나 이미 사람이 많았다. 바람 방향에 따라 꽃잎이 별수 없이 붕 떴다 떨어지듯, 나 역시 꽃잎만큼 많은 인파에 휩쓸려 같은 방향으로 걸어야 했다.

6시 30분의 지하철만큼이나 모르는 사람과의 거리가 가까워졌지만, 특별한 풍경 앞이라 다 용서가 됐다. 따뜻한 봄바람과 함께 불어오는 누우런 미세먼지까지도 이 벚꽃 세상을 장식하는 필터로서 기능했다. 모두가 현생에서 해방되어 가장 예쁜 옷을 꺼내입고 모여든 이 꽃 공원 속. 사람은 물론 얼떨결에 산책 나온 동네 견공까지 행복한 얼굴이 되었다. 하늘엔 복슬복슬 벚꽃이, 땅엔 꼬리콥터를 돌리는 복슬복슬한 비숑프리제가 걸어 다녀서 비현실감을 더했다.

황사마저 아름답게 보이는 오늘. 벚꽃 길을 따라 걷다 보니 구청에서 준비한 석촌호수 벚꽃 축제 홍보 깃발이 호수 따라 도배된 것이 보였다. 다음 주에 유명 가수를 초청하여 여러 행사를 할 것이라고 했다. (아마 평년 기온을 바탕으로 예상한 벚꽃 만개 시기는 이번 주가 아닌 모양이다.) 이번 주도 이렇게 예쁜데, 만개한 다음 주는 얼마나 대단할까. 다음 주는 더 환상적이겠다는 생각을 하며 집으로 돌아왔다.

토요일에도 동네 공원에 가서 벚꽃 놀이를 빙자한 피크닉을 시도했다. 냉장고에서 말라가던 방울토마토를 밀폐용기에 담은 뒤, 집 앞 김밥집에서 참치김밥과 치즈김밥을 산 것이 피크닉 준비의 전부였지만. 돗자리 하나 던지고 누워서 바라보는 누런 황사 하늘 아래 벚꽃 세상이 얼마나 위안이 되었는지 모른다. 책도 한 권 챙겨갔지만 별로 읽지 못했다. 랜선-강아지 애호가로서 온 동네 견공을 염탐할 기회를 놓칠 수가 없었기 때문이다. 말티즈와 노부부의 찬찬한 산책을, 시바견과 어린 주인의 격정적인 산책을 멀리서 바라보며 마음속으로 귀여워할 찬스는 내가 그 공원에 가는 가장 큰 이유다.

그렇게 또 한 주가 시작되었다. 월요일부터 바람이 심상찮았다. 강한 바람이 불어 벚꽃잎이 떨어지기 시작했다. 그 주 수요일엔 폭우가 왔다. 그날로 벚꽃은 엔딩을 맞았다. 이번 봄, 조금 일찍 구경한 벚꽃은 한 가지 가르침을 줬다.

'할까 말까 싶으면 일단 해라. 망설이면 놓친다!'

벚꽃의 공식적인 꽃말은 삶의 아름다움(혹은 중간고사)이라지만. 나는 내 나름 벚꽃의 꽃말을 '망설이지 말자'로 아로새기기로 했다.

연약하게 시작되어 결국은 감탄하게 아름다운 봄꽃의 시

절은 실로 짧다. 모두가 극찬하는 시즌은 일주일에 불과하니, 괜히 이 봄날이 인간에 비유하자면 젊은 날 같기도 해서. 내가 눈부시게 아름다웠을 시절은 이미 끝난 게 아닌가 싶어, 지난 버스 안에서 감정의 채도가 썰물처럼 빠졌다.

보드라운 꽃잎은 순식간에 세상에서 사라지고, 나무에는 새순이 돋는다. 새순은 곧 흔하디 흔한 가로수 잎 중의 하나로 자라난다. 세상을 들뜨게 하는 것은 꽃잎이지만, 세상을 유지하는 건 특별할 것 없는 가로수 잎이다. 나무를 살아내게 하고 주변 세상을 오래간 이롭게 하는 건 아무도 반기지 않는 거친 잎들이니까. 그러니 꽃잎이 졌다고 그리워할 것만이 아니라, 더 중요한 시기가 내게 시작되었다고 여겨야겠다. 꽃잎은 내게 양분이 되어주었으리라 믿으며.

지난 몇 주간 찬란했던 목련-개나리-벚꽃-라일락의 축제도 끝이 나고. 본격 봄 날씨로 접어선 거리에는 새잎이 쏙쏙 돋아나고 있다. 꽃이 지는 게 아니라 새순이 돋는 거라고. 뒤늦게 맞은 사춘기를 다독여보는 수밖에.

당신은 봄이 오면 어떤 기분이 드나요?

나를 갉아먹는 습관을 멈추기

신년에 일기쓰기를 다시 시작했다. 오늘 아침 연필로 생각의 흐름을 휘갈기다가, 올해의 목표가 떠올랐다.

'나를 갉아먹는 일을 멈추기.'

이 표현은 대개 마음을 갉아먹는 일을 뜻하지만, 나는 말 그대로 나를 갉아먹고 있었다. 약간이라도 집중력이 필요한 일을 할 때마다, 앞니로 입술을 뜯는 습관이 오늘 포착되었다.

입술 물어뜯는 그 습관을 모르는 바는 아니었다. 알고는 있었으나 오늘 아침 그 행위를 포착한 이후 빈도를 세어보니 심각했다. 한 줄을 쓰고 다음 줄로 갈 때마다 입술에 침을 바르고 껍질을 물었다. 나는 예상보다 더 중증의 '입술 물기 환자'였던 것이다.

  곰곰이 생각해보니 이 습관은 코로나19가 시작되며 더 공고해졌다. 모두가 마스크로 입과 코를 가리고 살아가는 시대. 나 역시 커다란 마스크로 입을 가리고, 그 속에서 다른 사람에게 보이지 않아도 되는 표정의 자유를 얻었다. 회사 생활을 하며 점점 눈만 웃는 웃음에 익숙해졌으며 초조할 때는 마음껏 마스크 속 보이지 않을 입술을 깨물었다. 타인에게 내어 보일 수 없는 불안이 날 갉아먹는 형태로 표현되고 있었다. 그러다 보니 입술 주변의 거무튀튀한 착색은 점점 더 심해졌고, 화장으로도 잘 가려지지 않기에 반쯤 포기하게 되었다. 결국 입술 주변에 아무것도 바르지 않는 날이 많아지니 점점 더 깨물기가 만만해졌다. 마스크 속은 내가 불안을 오롯이 표현해도 되는 유일한 세상이 됐다.

  돌이켜보니 내가 나를 갉아먹는 습관은 이번이 처음이 아니었다. 초등학교에 다닐 만큼 어릴 때, 나는 내 불안을 손톱에 투사했다. 마음이 콩닥대는 일이 생기면 여지없이 손톱을 물어뜯었고 손톱의 세로 폭보다 가로 폭이 훨씬 넓어질 때까지 손톱을 물고 또 물었다. 손은 남에게 보이는 부분이기에 그 습관을 가까스로 고쳐내었지만 이후 다른 부분으로 불안의 불똥이 튀었다. 발톱을 손톱깎이로 바짝 깎거나 머리칼을 잡아 뜯는 형태로 그 불안을 풀어내곤 했다. 결국 보이는 곳은 타인 시선을 의식해 어떻게든 고쳐 냈지만. 여러 해나 남에게 보이지 않는 영역이 생겨나자 결국 내 불안은 그리로 향했다.

지금도 한 줄을 쓰고 스페이스 바를 친 뒤 왼손이 입술로 향하는 걸 느꼈다. 그러지 말자고 다짐하는 가운데도 멈추지 못하는 일. 의식의 영역으로 쉬이 다스려지지가 않는 일. 그게 습관의 무서움인가 보다.

신년 목표는 거창할 것 없이 '입술 뜯는 습관 고치기'로 해야겠다. 입술을 물지 않는다고, 내 안의 불안이 멈추지 않을 걸 안다. 아직은 하고 싶은 것도, 욕심도 많은 나날 가운데니까. 욕심이 많은 만큼 초조한 순간도 많다. 더 잘하고 싶어 입술을 물어뜯고, 진도가 빨리 나아가지 않아 두 입술을 모아 깨문다. 이젠 빠르지 않아도 좋은 걸 알았으니까. 인생은 길 것이며 하고 싶은 일을 하는 모든 나날이 목표에 닿은 날이라 걸 아니까.

빠르지 않아도 좋다. 누구와 비교하지 않아도 좋다. 머리로는 알고 있는 이 생각을 마음으로 받아들여 내 입술에도 평화를 선물하기를. 이제는 내 몸을 실제로 갉고 마음조차 닳게 하는 일을 멈추기를. 초조함을 자각하고 다른 방향으로 해소할 수 있는 내가 되기를. 결국 몸과 마음이 조금 더 건강한 사람이 되기를. 작은 신년 소망을 기록해 본다.

당신에게도 고치고 싶은 습관이 있나요?

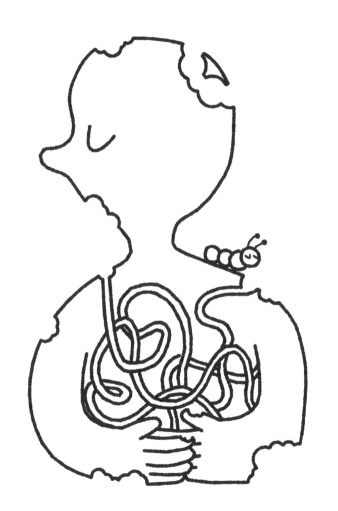

예민함 탈곡기

인정하지 않고 싶지만, 나는 조금은 예민한 편인 것 같다. 내 앞에 펼쳐진 수많은 문제로부터 '크게 스트레스받지 않고 언제나 대범하게 넘겨버리고 싶다'는 내 인생의 지상과제는, 내가 본래 그렇지 못한 인간이라는 증거기도 하다.

나는 내 공간을 바지런하게 정리하지 못하는 어수선한 인간이지만, 몇몇 위생 수칙에 유난하달 만큼 예민하다.

외출 후 돌아와 가장 먼저 거품 비누로 손을 박박 씻기,
외출복으로는 절대 침대에 앉지 않기,
화장실 사용 후 변기 커버를 닫고 물 내리기,
다른 사람과 음식을 공유할 때 덜어 먹기.

이런 것들은 지켜지지 않는다면 내내 마음이 찝찝하다. 몇몇 상황에만 선택적으로 적용되는 이런 예민함은, 갈수록 민감해지기만 할 뿐 무뎌지지가 않았다. (나는 머리를 이틀 감지 않아도 괜찮고 샤워를 하루 걸러도 괜찮은 사람이지만, 내가 꺼리는 몇몇 상황 앞에서 유독 예민하다.)

이런 경향은 독립 이후 더욱 심해졌다. 20여 년을 붙어살던 가족과도 몇 년 떨어져 산 새에 행동양식이 꽤나 달라졌다.

지난 여름 여수 여행 메이트였던 엄마와도 그랬다. 엄마는 한 음료수를 둘이서 번갈아 가며 입 대고 마셔도 괜찮다고 했고 외출복으로 침대에 앉아도 괜찮다고 했다. 딱 지적하기엔 정 없어 보이지만 그렇다고 그냥 받아들이기에는 싫은 점들이, 오랜만에 엄마와 긴 시간을 함께 보내자니 거슬리기 시작했다. 아마 혼자 살다 보니 내 생활양식은 나 편할 대로 점점 굳어졌나 보다.

특히 맨손으로 과자류를 집어 먹을 때, 씻지 않은 손으로 음식을 직접 집어 먹기란 엄청나게 꺼려지는 일이었다. 왠지 눈에 보이지 않는 바깥 세계의 세균이 내 손에 바글바글할 것 같다. 평소였다면 근처 화장실로 들어가 비누로 손을 씻거나 최소한 알코올 소독제로라도 손을 비비고 집어먹었을 것 같지만. 주변 화장실이 100% 파악된, 가방 속에 알코올 소독제가 들어있는 일상과 달리. 여행은 역시 원하는 대로 흘러가지 않았다. 긴 줄 서서 사 온 명물 빵을 급하게 벤치에서 맛봐야 하는 상황도 생겼고, 트레킹 중에 두 손을 가볍게 하려면 물을 딱 한 병만 사서 나눠 마셔야 하기도 했다. 처음엔 적잖이 꺼려지던 이러한 상황들. 불현듯 다가오는 이런 사건은 혼자 살며 공고히 굳어버린 내 개똥 같은 위생 철학 성벽을 콩콩 부숴 들어오기 시작했다.

씻지 않은 손으로 빵 한두 개를 집어먹어도 죽지 않는다.
외출복을 갈아입지 않고 침대에 앉아도 괜찮다.
음료수를 둘 다 입 대고 마실 수도 있다.

나만의 공고한 생각 옹벽을 부서트려 줄 여행이 없었다면 지금의 나는 어땠을까? 시간이 지날수록 나만의 행동 양식에 갇혀 늘 초조한 어른이 되지 않았을까?

과거의 여행을 떠올려 봐도 그렇다. 자연 속으로 들어가 보겠다며 하루쯤 지붕 없는 흙바닥에서 모포 하나만 덮고 자 본 경험이 없었다면 지금보다 더 잠자리를 따졌을 것 같다. 3일쯤 세수를 못 하는 세렝게티 사파리 투어가 아니었다면 겹겹이 발라진 선크림을 견디지 못하는 내가 되었을 것 같다. 비행기 시간을 잘못 알아 24시간 동안 공항에서 노숙해 본 기억이 없었다면 기다리는 일에 더 짜증을 내는 내가 되어있을지도 모른다.

오랜만에 일상에서 벗어난 여수에서 보름 동안 나름 긴 여행을 했다. 즐겁기에도 짧은 주말 간의 휴가와 달리. 여행에서 아프기도 싸우기도 지겹기도 해보니, 여행을 사랑했던 이유가 하나둘 생각났다. 내 아집의 옹벽을 콩콩 깨 주는 수많은 사건, 매 순간 즐겁기만 할 수는 없는 시간. 그럼에도 돌아와 생각하면 눈물겹게 감사한 기억들. 이런 이유로 나는 여행을 그만둘 수 없을 것 같다.

살면서 당신의 고집을 깨 주는 사건이 있었나요?

평범해서 위대한

  지난 여수 여행에서 있었던 일이다. '휴가'하면 구경하고 쉬고 먹는 게 최고 아니겠는가? 그래서 오자마자 게장이며 장어며 고기며…. 여수의 명물이란 것들을 죄다 맛봤다. 그런데 그 중 무언가가 잘못되었는지 배탈이 시작되었다. 먹었던 것들을 신나게 게워내었지만, 하루 이틀은 도통 식욕이 돌아오지 않았다. 어지간히 잘 먹는 편인 내가, 남도의 온갖 산해진미를 지천에 두고 밥 먹으러 가고픈 마음이 들지 않다니! 여간 심각한 일이 아니었다. 배탈을 진정시키는 약을 들이키고 이틀간 금식에 가까운 생활을 한 뒤에야 조금씩 다시 밥 먹고 싶은 마음이 생기기 시작했다.

  아직 회나 게장을 사 먹기에는 속이 부담스러웠다. 만약 집이었다면 이럴 때 그냥 '계란 후라이 하나 구워 밥에 김이나 좀 싸 먹으면 좋겠다'고 생각했다. 점심때가 지난 시간, 기어이 배는 고파오고 밀가루도 회도 아직은 걱정되었던 나는, 이 타지에서 무엇을 사 먹으면 좋을까 심각하게 고민하기 시작했다. 지도 어플을 켜 식당을 검색해봤지만 '맛집'은 이리도 많은데 '평범하고 편안한 밥'을 파는 듯한 가게는 눈에 띄지 않았다. 음식점 리스트의 스크롤을 한참 내리다 눈에 들어온 '00백반'.

'백반? 그런 가게를 내가 가도 되나?'
백반집 혹은 00백반과 같은 말을 들어보기는 했지만, 어쩐지 우리 세대에게 백반집은 낯설다. 김밥천국에 가는 일은 어렵지 않아도 백반집은 왠지 우리를 위한 밥집이 아닌 것 같은 느낌이 든다. 게다가 낯선 곳에서 여행자가 밥집을 찾는 유일한 기준인 '후기'도 딱 두 개뿐이었다.

'이런 식당에 가도 될까?'
약간 걱정도 되었지만, 그 두 개의 후기 속에 투박하게 담긴 밥상 사진이 꽤 마음에 들어버렸다. 그날의 반찬은 김치찌개에 애호박볶음 그리고 제육볶음이었나보다. 반찬 양도 적당하고 구성도 딱 집밥 같았다. 그렇게 나는 이번 여행에서 최초로 '여수 맛집'이 아닌, 후기가 단 두 개인 '동네 백반집'으로 향하게 되었다.

가게 유리창과 벽면을 빼곡하게 수놓은 백반, 낙지볶음, 생선구이, 삼겹살 등의 메뉴. 낙지볶음 가게도 많이 갔고 삼겹살집도 많이 갔는데. 왜 백반집은 알 수 없는 진입장벽이 느껴졌던 걸까? 가게 앞에서 잠시간 망설인 뒤, 백반집 문을 열었다.

점심때가 좀 지난 탓에 가게 안에는 아무도 없었다. 며칠간 관광지를 돌아다니며 몇 번이나 '브레이크 타임'의 굴레를 겪었던 탓에, 혹시 이곳도 브레이크 타임인가 싶어 살짝 놀랐다. 문 여는 소리가 들리자 주방에서 천천히 사장님이 걸어 나왔다.

"안녕하세요. 식사 되나요?"
"이쪽에 앉으세요."
대답은 단순 명쾌했다.

"뭐로 드릴까요?"

"백반 되나요?"

"네."

가게 속을 무던히 채우는 KBS1 TV 방송을 넋 놓고 보고 있자니, 밥상은 금세 동그란 플라스틱 그릇으로 채워졌다.

'오….'

1인분 팔천 원이라는 가격에 순식간에 진짜로 열 가지 반찬이 차려질 수 있음에 놀랐다. 그것도 제육볶음과 가자미조림을 포함해서 말이다. 갓 볶아져 고소한 돼지기름과 매콤한 양념이 어우러진 제육볶음 냄새를 맡으니 며칠간 잊고 산 식욕이 스물스물 피어났다. 한 젓가락 맛을 보니 음, 역시 제육은 치트키였다. 가자미조림은 살을 발라 간간한 양념에 듬뿍 찍어 먹었다. 생새우를 넣은 해초 볶음은 처음 먹어보지만 나쁘지 않았다. 감자조림과 남도의 김치는 군이 말하지 않아도 맛있고. 새콤하게 무친 오징어 숙회는 내가 좋아하는 메뉴라 기뻤다. 가지무침도 이제는 즐길 줄 알기에 대범하게 집어먹어 보았다. 게다가 계란후라이까지 반숙으로 곱게 구워져 나오다니.

순간 '감사하다'는 생각이 들었다. 유명한 게장 집에서도 장어탕 집에서도 '맛있다'였지 '감사하다'는 생각이 든 적이 없건만. 밑반찬 하나하나가 얼마나 손이 많이 가는지 아는 지금.

'8,000원에 이렇게 많이 주고도 남기는 하는 걸까?'
감사한 마음이 들었다. 하나하나 부담스럽지 않은 맛에 며칠간 멈춰 선 위도 움직이기 시작했다. 천천히 반찬을 하나하나 음미했다.

'백반집이 사라진다'라는 제목의 기사를 본 적이 있다. 백반은 가격 대비 너무 많은 정성이 들어가는 메뉴라, 노동력을 갈아 넣어야 유지되는 메뉴라고. 그래서 지난 세대까지는 흔한 밥집이었지만, 지금 백반집을 운영하는 세대가 은퇴하고 나면 아무도 이런 형태의 밥집을 하지 않을 것이라고 했다.

이제 도심에서는 잘 찾아보기도 힘든 백반집이, 사뭇 위대하게 느껴졌다. 특별한 날 찾아가는 맛집이 아니라 사람들에게 주목도 받지 못하지만. 이렇게 오랜 세월 음식을 내어주고도 네이버 지도에는 단 두 개의 후기밖에 달리지 않았지만. 이 백반집이 이 자리에서 얼마나 많은 반찬을 만들었고, 얼마나 많은 사람에게 한 끼를 내어주었을까?

  아프고 나니 한 끼 밥 먹는데도 오만 생각이 다 든다. 어쨌든 평범함의 위대함에 눈 뜨게 해준 여수 백반 식당에 감사한다. 앞으로는 어디서든 백반집 문을 여는 일을 망설이지 말아야겠다.

  당신은 백반집에 가본 적이 있나요?

여름

젖은 다음 스며들기

코로나19가 끝나고 오랜만에 '해외여행'을 갔다. 몇 년 사이에 상황이 많이 변했다. 여행을 영혼의 취미로 여기고, 어디든 갈 수만 있다면 다 던지고 떠났던 때와는 달리. 그간 한 회사에 꽤 정을 붙이게 되었으며 나름의 역할도 생겨버려 (사실은 빚이 생겨버려) 그 시절처럼 훌쩍 던지고 떠날 순 없게 되어버렸다.

그리하여 향한 목적지는 베트남. 요즘 한국인이 일본 다음으로, 중국보다도 많이 향한다는 여행지다. 전혀 다른 삶을 내 눈으로 보겠다며, 지구 반대편까지 날아가는 일도 불사하던 자유인 (백수) 시절이 지나고. 현실에 한 발을 꿈에 다른 발을 꽂고 버티는 직장인은 그리 멀리 날아갈 수가 없었다. 아무리 항공권을 검색하고 일정을 맞추어 봐도, 향할 수 있는 범위는 동남아시아권 언저리였다. 그럼에도 타협할 수 없는 건 여행 '기간'이었다. 여행지에서 매일이 축제 같은 나날을 불꽃같이 보내고 돌아오기보다, 가능하면 찬찬히 현지인의 삶에 스며들 수 있기를 희망하는 나. 스며들기 전에는 젖어드는 기간이 필요하기에, 연차 하루 낀 주말여행보다는 가능하면 긴 기간을 여행하고 싶었다.

갖은 눈치와 노력으로 2주간의 여유를 만들어내고 나자, 메일함에 꽂힌 항공권 티켓만 봐도 한두 달을 그럭저럭 버틸 힘이 났다. 사람마다 여행에 대한 생각이, 여행을 즐기는 방식이 다르겠지만. 계획보다는 즉흥을, 호캉스보다는 로드트립을 선호하는 나는 항공권과 첫 숙소만을 완성하자 떠날만한 자신이 생겼다. 직장인의 휴가지만, 틀에 박힌 코스를 따르고 싶지 않아 여행의 시작과 끝만을 확정 짓고 그 사이는 '자유여행스러운' 여행을 하려 했다.

다행히 베트남은 상당히 관광 친화적인 국가라 털레털레 도착한 관광객에게도 나쁘지 않은 상황만이 이어졌다. 사람들은 여행객에게 호의적이었으며, 맛집을 굳이 찾고 출발하지 않아도 가게 앞에 오토바이가 즐비한 가게라면 그곳이 바로 동네 맛집이었다. 오토바이가 2열 종대로 빼곡한 숯불구이 집을 지나다 오토바이 수에 한 번, 냄새에 두 번 압도되어 할 수 없이 이른 저녁을 먹게 된 날이었다. 엉덩이 반쪽만 한 목욕탕 의자에 쪼그려 앉아, 눈치코치로 주문해 맛본 숯불구이는 마지막 날에 방문한 5성급 호텔의 스테이크보다도 진한 기억으로 남았다.

어른들의 대화에는 술이 빠질 수 없는 줄 알았거늘. 요거트와 우유가 유명한 달랏에서는 매일 밤 '빵집'에서 퇴근 후 포차가 펼쳐지는 걸 봤다. 이번에도 오토바이 평점은 틀리지가 않았다. 요거트와 각종 우유와 온갖 종류의 빵을 파는 동네 빵집에서, 동네 주민 사이에서 자리잡고 똑같은 빵을 찢어 먹는 시간. 이번 여행에서 가장 '베트남스러운' 순간이라 좋았다.

계획이 그리 확고하지 않았던 탓에, 다음 도시로 갈 버스를 그날 아침에 구하기도 했다. 국토가 남북으로 길어 장거리 버스 이동이 흔한 베트남. 그 덕에 우리나라보다는 다양한 버스 형태가 갖춰져 있었다. 버스 크기는 우리 네 고속버스와 같은데, 그 안을 몇 개의 좌석으로 나누냐 에 따라서 등급과 가격이 달랐다. 장거리 여행객이 선호하 는 누워가는 버스는 크게 22인승, 34인승, 41인승으로 나 누어진다. 당연히 한 버스에 실려 가는 사람이 적을수록 1 인당 누워갈 수 있는 면적이 넓다. 22인승은 버스가 가로 로 2명만이 타게 디자인되어 있었고, 34인승과 41인승은 3명이 탈 수 있게 좀 더 공간을 쪼갠 형태였다. 모든 버스 가 최대한 많은 좌석을 신기 위해 복층으로 좌석을 깔아뒀 다는 점은 같았다.

그럼 34인승과 41인승은 어떤 차이냐고? 같은 3열 배치 지만 각자의 좌석이 커튼으로 나누어져 있느냐 여부가 달 랐고, 34인승이 당연하게도 좌석의 크기가 좀 더 넓었다. 물론 나는 이 베트남 버스 형태와 종류를 전혀 알고 가지 못했고, (랜덤으로) 몸소 누워본 뒤에야 그 차이를 이해하 게 되었다.

무이네에서 달랏으로 향할 때는 현지 여행사 직원이 34 인승 사진을 보여주기에, 내심 흡족하여 곧장 결제를 해버렸다. 30분 늦게 도착한 버스에 올라타고서야, 사실은 이 버스가 41인승 버스였단 걸 알았지만.

　장거리 이동 때는 가능하면 창가 자리를 사수하고자 한다. 하지만 그날 아침에야 여행사로 달려가 티켓을 사는 주제에 많은 걸 따질 순 없었다. 양옆으로 창가 자리가 2칸, 가운데 자리가 1칸. 더 적은 확률을 뚫고 내게 주어진 자리는 세 자리 중 정 가운데에 낀 위치였다. 나의 좌측에는 베트남 현지인이 누웠고 우측엔 프랑스 배낭 여행객이 탔다.

　이전에 탄 버스와는 무언가가 달랐다. 베트남 침대 버스는 신발을 벗고 올라타야 하는데, 이 41인승 버스는 좌석마다 칸막이가 없어 청국장 같은 구수한 내음이 진동했다. 가장 가격이 저렴한 41인승답게 버스 안에는 다른 도시로 이동하는 현지인, 집 나온 지 하루 이틀이 아닌 차림새의 장기 여행자만이 가득했다. (개별 칸막이가 있는 다음 등급과는 그래봐야 우리 돈으로 1~2천 원밖에 차이가 나지 않기에, 한국 여행자들은 대부분 그 위 등급을 선택한다. 나 역시 '선택할 수 있었다면' 당연히 그 위 등급을 구매했을 것이다.)

나는 구리구리한 냄새로 가득한 이층 버스의 한가운데 자리에 실려, 베트남 산길을 따라 이리저리 흔들리고 있었다. 산길이 깊어지며 통신 상태도 터지지 않는데, 유일한 구경거리인 차창 밖 풍경조차 남의 어깨 너머 바라봐야 하는 형편이었다.

한국에서 메가커피 한 잔만 덜 사 먹으면, 한 단계 높은 버스를 선택할 수 있었는데. 미리 좀 찾아보지 않고 덜컥 사버려 생긴 5시간짜리 달리는 청국장 버스 체험이란, 이성적으로 생각하면 '날벼락'에 가까우나. 어쩐지 슬슬 웃음이 났다. 통신도 끊기고 현지인들의 말소리도 잦아들 때쯤, 다른 여행자의 어깨 너머로 내다보는 풍경이 완전히 생소해지기 시작해 더 심장이 두근거렸다.

비로소 휴가가 아닌 진짜 '여행'을 온 기분이 됐다. 덜 계획하고 다 모른 채로 와 랜덤으로 헤쳐나갈 때 느껴지는 막막함이 오랜만에 쿵-하고 와닿아, 나의 글재주로는 다 표현할 수 없는 카타르시스가 느껴졌다.

꿈보단 현실에 좀 더 생활의 무게가 치우치는 것 같아 속상하던 요즘. 굳이 배낭을 둘러매고 지구 반대편으로 날아가지 않아도, 보름간의 여행으로 스며드는 여행이 가능함을 경험해 발냄새 따위의 요소로는 폄훼될 수 없는 두근거림이 느껴졌다.

당신의 어떤 여행을 좋아하나요?

오랜만에 본진에 간
이중언어 구사자의 안도

엄마 생신을 맞아 오랜만에 고향으로 향했다. 기차역에서 가장 먼저 나를 반기는 것은 익숙한 기차역의 모습도 아니요, 반가운 사람의 얼굴도 아니었다. 따박-따박- 귀에 박히는 억양과 단출한 단어의 조합이 비로소 '네 고향에 돌아왔음'을 알리는 것 같았다.

"아╱니 이╱쪽으╲로 와╱봐~"
"여-가?"(여가 활동 아님. 여기가 맞냐는 질문.)
"어╱어╲어~"
이 땅에서는 '어'라는 한 음절의 길이와 억양변화로 YES와 NO의 뜻이 갈린다.

'가가!' (이거 가져가.)

'가가?' (걔가?)

'가가 가가?' (걔가 아까 걔야?)

'가가 가가가?' (걔가 성이 '가'씨야?)

처럼 너무 유명한 사투리는 사투리인 줄을 알고 지냈지만. 어╱어╲어조차 사투리일 줄이야. (사람에 따라 으╱으╲으에 가깝게 발음하기도 하지만, 편의상 어╱어╲어로 통일함.)

평생을 고향에서만 살아온 나는 처음 상경하였을 때 '어╱어╲어'를 자연스레 서울 하늘 아래에서도 사용했다. 너무나 당당하게 '아니'가 아닌 '어╱어╲어'를 내뱉고 지냈으나, 그럭저럭 소통이 되는 것 같기도 했다. '아니~'라고는 '지금부터 내가 네 말을 반박하겠다, 레츠 고!'의 신호로밖에 사용해오지 않은 나의 주변 세계는 정말 '어╱어╲어'만으로도 그럭저럭 돌아가는 것처럼 보였다. 혼자만의 생각이었을지도 모르지만.

그래, 이제 '어╱어╲어'의 고상에 온 것이다. 잠이 오면 '졸려' 대신에 '잠온다'고 말해야 하는 땅에 닿은 것이다. '맞나?'가 '그거 하면 한 대 맞을까?'가 아니라 '그래?' 정도의 말 잇는 추임새로 사용되는 세상에 온 것이다.

언어는 생각의 통로라고 하던데. 나를 2%나마 옥죄던 서울말의 세상에서 벗어났다는 느낌이 들자 마음이 완벽하게 푸근해졌다.

"수정 씨는 사투리를 좀 고쳐야겠어?"
첫 회사 입사 직후 부장에게서 이 말을 들었을 때 머릿속이 마구 혼란스러워졌다.
"사투리는 틀린 게 아닌 데 왜 고치라고 하지? 미친놈인가?"

서울에 6년쯤 발을 걸친 지금. 그가 어떤 의도로 내게 그 말을 건넨 건지 조금은 이해가 되기도 한다. '어╱어╲어'에서 두 번이나 꺾이는 그 억양을 네 말에서 지우지 못하면 너는 영원히 이방인 티가 날 것이라는. 이 서울 땅에 발붙이고 살려면 억양 변화를 조금은 줄이는 게 너에게 유리할 것이라는 말의 거친 표현이 아니었을까. 하지만 조금은 청개구리 같은 면모가 있는 나는 그 말을 듣자, 절대 그 사투리를 '고칠' 마음이 들지 않았다.

그러나 동시에 식당에서 주문을 할 때 종업원에게 꽤 서울말스러운(혼자만의 생각일지도) 한두 마디로 주문을 마친 뒤 안도의 한숨을 내쉬었다.

"방금 완전 서울말 같았지?"

"아니…."

"그래…?"

사투리를 고칠 마음은 전혀 없지만, 사는 동네에서 번번이 타지인 취급을 받는 기분은 그리 유쾌하지 않았기 때문이다.

그렇지만 이런 각오조차 세월 앞에서는 약이 없었다. 한없이 부드러운 말씨의 소유자들과 어울려 살며, 시나브로 거친 억양도 조금씩 깎이어나가고 있었다. 고향에 주말 동안이라도 다녀올라치면 98% 정도 기존 억양으로 회귀 되곤 하더니. 어느새 주변인 다수의 말투에 물들고 있음을 종종 체감한다. 자연히 억양 없는 표현을 내뱉으며, 절대 '고치지' 않겠다고 다짐하던 지난날의 각오가 생각나 소름 돋을 때도 있다. '이제 아래' 내신에 '그저께'라는 표현을, '커피 한잔 태울까요?' 대신에 '커피 한잔 탈까요?'를 자연스레 사용하는 자신이 여전히 종종 놀랍다.

틀려서 고치는 게 아니라, 오래 머무르며 자연히 물드는 중이라고.

서울말을 쓰는 것은 서울에 살기 위한 필수 조건이 아닐 거라고.

영어는 뜻만 통하면 '나 영어 한다'고 하는데. 표준어를 완벽하게 구사하지 못함에 슬퍼하기보다는, 서울말을 비슷하게나마 구사할 수 있음에 자부심 가지기로 마음을 고쳐먹었다. 누가 뭐래도 나는 대한민국 말을 두 종류나 사용할 줄 아는 이중언어 구사자임을 잊지 않기로. 돌아가는 기차 안에서 다짐했다.

당신은 고향이 어디인가요?

자구리 해안에 가면 편지를 쓰자

손 편지를 마지막으로 받았던 때가 언제던가? 기억도 가물가물하려 한다. 1초 만에 카톡이 오가는 시대에, 편지는 완전히 '낭만'의 영역으로 자리 잡은 듯하다.

최근에 두 통의 엽서를 받았다. 심지어 편지도 아닌 '엽서'다.

첫 번째 엽서는 내가 내게 쓴 엽서였다. 어느 날 지친 퇴근길에 무심코 집 우편함을 들여다봤다.

'관리비 고지서나 들고 가야지….'

생각하며 우편함을 바라봤더니, 고지서 말고도 한 장짜리 무언가가 더 꽂혀있었다.

'아 진짜. 농협 카드론인지 사장님 대출인지 또 넣어둔

거냐…'

　무심코 버리려던 찰나.

　"헉"

　소리가 육성으로 나왔다. 완벽하게 잊고 살던 엽서였다. 작년 1월에 제주도 자구리 해안에서 내가 내게 쓴.

　맞아, 1년 뒤 보내주는 느린 우체통이랬다. 내가 이 엽서를 써넣은 건 작년 1월이고, 올해 5월 말 날짜로 서귀포 중앙동 우체국 직인이 찍혀있었다. 그리하여 이 엽서가 내 손으로 돌아온 건 직인이 찍힌 날로부터 또 2달이 지난 7월 중순 경이었다. 무려 1년 반 동안 세상을 떠돌았지만, 엽서는 모서리 하나 헤진 데 없이 빳빳하니 온전했다.

　조금 힘든 날이었나 보다. 내 손으로 쓴 편지인데도 읽는데 눈물이 살살 솟을 뻔했다.

　이 편지는 29세에서 30세로 넘어가던 해, 여러모로 무척이나 갑갑했던 심정으로 제주에 내려가서 쓴 것이었다. 서귀포 자구리 해안공원에 느린 우체통이 있단 사실을 나 같은 사람이 알고 갔을 리는 없었고, 그냥 하영 올레길을 무작정 따라 걷다가 마주쳤던 걸로 기억한다.

엽서 서두에도 기어이 남겨둔 대로, 해가 쨍쨍하다가 10m만 걸어가니 비가 내리다가 또 우산이 날아갈 만큼 바람이 많이 불어대는 날이었다. 깜깜한 심정만큼이나 날씨도 기묘했던 날이었다.

이러한 공공 주도 이벤트는 원활히 운영되지 않기도 한다. 엽서가 다 떨어졌다든지, 펜이 없다든지, 이 사업을 실제로 접은 지가 오래되었지만 철거하지 않아 우체통만 덩그러니 남아있다든지.

놀랍게도 그날은 모든 것이 갖추어져 있었다. 엽서도 넉넉했고, 펜 하나 없던 나를 위해 잘 나오는 펜도 한 자루 놓여있었다.

실제로 이 느린 우체통이 운영되는지는 알 수 없었지만, 당시 마음이 답답해 제주로 향했던 나는 돌아오지 않아도 괜찮다는 마음으로 내게 편지를 쓰기 시작했다. 벤치에 앉아 아주 오래간만에 오랫동안 편지를 썼다.

당시 1년 뒤 내게 쓴 말은 '제발 그렇게 살고 싶다고 소리 치고 싶던' 내용에 가까웠다.

비록 최고의 선택이 아닐지라도 그 선택을 통해 또 배우는 게 있을 거야.
정답만 찾지 말고, 최선으로 선택하고 그 선택을 담담히 받아들이자.
그 선택에 따라 또 다음을 열심히 꾸려 나가자.

당시의 간절했던 소망이 사뭇 도도한 척하며 녹아있어 우습다.

나를 위해 진지하게 눌러쓴 편지가 온전히 내게로 날아와 줘서, 마침 또 조금 힘들던 날에 내 우체통에 꽂혀있어서 줘서. 기가 막히게 고맙다. 역시 세상은 그래도 좋게 좋게 돌아가는 모양이다.

이 편지를 받고 이틀 뒤에 또 우연히 엽서를 받았다. 그날은 내가 꽤 오랫동안 신경 써 준비한 프로젝트 발표가 있던 날이었다. 평소 오가며 안면만 있던 분께 응원 편지를 받았다. 부모 자식 간에도, 추구하는 바를 100% 설명하기 어려워 그저 각자 건강하기를 바라는 시대에. '많이 설명하지 않아도 나와 비슷한 인간임'이 팍팍 느껴지는 그의 편지는 곁눈질로만 얼른 읽어도 힘이 됐다.

역시 손 편지의 힘은 위대하다. 아니 손 편지라서 위대하다고 해야 할까. 디지털 시대에 굳이 종이에 꾹꾹 눌러 박제하는 일은, 그만큼 간절한 소망이기 때문일까.

손바닥만 한 위안이 끊임없이 괜찮다고 다독여주는 것 같다. 자구리 해안에 가면 편지를 쓰자.

당신은 언제 마지막으로 손 편지를 썼나요?

일찍 일어나는 새가 맥모닝을 먹는다

어릴 적부터 아침잠이 많았다. (그러든지 말든지, 아침형 인간이 저녁형 인간보다 더 성실한 것으로 평가받는 현대 사회에서 '저는 원래 그래요' 따위의 핑계가 통하지 않는 건 안다.)

몇 년 전 우리 사회를 휩쓴 '미라클 모닝'. 평소 일어나던 시간보다 이른 시간에 일어나 누구의 방해도 받지 않고 자신만의 시간을 보내자는 개념으로, 2016년 미국 작가 할 엘로드가 자신의 책에서 주장한 개념이다. 그는 아침을 주도적으로 보내는 루틴을 통해 삶을 나은 방향으로 변화시킬 수 있다고 말했다.

할 엘로드의 저서 미라클 모닝 국내판 표지에는 '06:00'

을 나타내는 시계 그림이 그려져 있다. 아마 K-출근 시간을 고려할 때 적어도 새벽 6시 이전에는 일어나야 그가 말한 누구의 방해도 받지 않는 나만의 시간이 가능하기 때문이겠다.

이른 아침에 생업이 아닌 나를 위한 일을 먼저 해내며, 하루를 더 성공적인 컨디션으로 살아갈 수 있다는 개념이 마음에 들었다. 퇴근 후 남은 시간에 나를 위한 도전을 하는 게 아니라, 나를 위한 도전을 먼저 해내고 먹고사니즘을 위한 생활의 과제도 더 열심히 하자니. 의지는 불타지만 퇴근 후 체력이 의지를 끌어내려 곧장 침대로 직행하게 되는 나는, 처음 접했을 때 이 개념이 상당히 매력적으로 느껴졌다.

그리하여 '미라클 모닝'을 선언하고 그간 몇 번의 도전을 했다. 한때는 줄리아 카메론이 주장한 모닝 페이지에 빠져 전용 다이어리를 마련하고 아침에 빼곡한 두 페이지를 채우는 것을 목표로 했으며, 한때는 모닝 요가를 하겠다며 매트를 구매한 적도 있다.

미라클 모닝으로 시도한 아침 운동, 모닝 페이지는 분명 내게 긍정적인 힘을 줬다. 하기 싫은 일보다 하고 싶은 일을 먼저 하면서 하루의 리듬을 신나는 쪽으로 끌어나가고 그게 장기적으로 내 늦은 사춘기 멘탈에 긍정적인 영향을 끼쳤음을 인정한다. 그러므로 할 수만 있다면 평생 이 행위를 지속해 나가고 싶으나. 앞서 말했듯이 타고나기를 아침잠이 많은(게으른) 나는, 이른 시간에 무언가를 꾸준히 해내기를 여러 차례 스스록 포기했다.

'내가 지나치게 의지박약인 걸까?'

꾸준히 미라클 모닝을 해 나간다는 사람들의 기록을 보면 약간 자책도 되었는데. 어느 날, 미국판 미라클 모닝 표지에는 'BEFORE 8AM'이라고 표현되어 있다는 것을 알고 큰 충격을 받았다.

'그래, 8시에는 일터로 출발해야 하는 현대인에게 5시에 기상해 1~2시간 나를 위한 나를 위한 시간을 보내라는 건 너무 가혹한 개념이 아닐까?'

나의 의지박약을 내 탓이 아닌 현대 한국 사회 전반의 문제로 돌리고 나니 좀 죄책감이 덜어졌다.

'미국에서는 8시 전에만 시도해도 미라클인데, 왜 한국에서는 6시 전에 하라는 거야!'

물론, 저자의 진짜 의도는 8시든 6시든 시간이 중요한 것이 아니지만. 그저 남 탓으로 돌리니 조금은 마음이 후련해졌다. 이후 우스갯소리로 주변인들에게 늘어놓는 이야기가 있다.

"계절 따라 기분 따라 각자 매일 컨디션이 다른데. 모두가 같은 시간에 회사에 (학생이라면 학교에) 도착한 것만으로도 미라클 모닝이다!"

해가 늦게 뜨는 겨울에는 눈도 조금 더 늦게 떠지는 게 당연하고, 어제 연인과 이별을 맞은 사람은 오늘 결코 출근하고 싶지 않을 수도 있는데. 우리는 매일 같은 시간에 같은 장소에 아무튼 도착을 한다. 이게 미라클이 아니면 뭐라고 표현할 수 있을까? (어쩌면 우리는 어릴 적부터 강제로 미라클 모닝에 동참하고 있는 셈이다.)

요즘에 미라클 모닝의 시간과 빈도 때문에 스트레스 받던 나. 결국 매일 같은 시간에 시도하는 미라클 모닝을 포기했다. 출근하는 월요일에서 금요일 동안은 '어떠한 기분과 컨디션에도 평온하게 출근하기' 그 자체를 미라클로 여기로 했다. 출근하지 않아 대체로 기분이 좋고 마냥 늘어지고만 싶은 주말에, 좀 더 본격적인 미라클 모닝에 도전한다.

맥도날드의 아침 메뉴인 '맥모닝'은 오전 4시부터 10시 반까지 주문이 가능하다. 10시 30분에서 1분이라도 지나면 맥모닝은 주문할 수조차 없다. 주말에는 집에서 걸어서 10분 거리에 있는 맥도날드에 다녀오기를 목표로 삼는다. 오전 10시 반이란 시간이 써 놓고 보니 넉넉하게 느껴지지만, 의외로 주말 아침에 눈곱이라도 떼고 10분 거리를 걸어 맥도날드까지 가기가 쉽지 않다. 맥모닝 메뉴의 종류는 시즌에 따라 조금씩 바뀌기도 하지만, 요즘엔 디럭스 브랙퍼스트에 꽂혔다.

맥도날드에서 파는 디럭스 브랙퍼스트는 김밥천국의 만수르 세트처럼 맥도날드에서 아침 메뉴로 판매하는 모든 메뉴를 조금씩 모아둔 구성이다. 정통 아메리칸 스타일을 표방한다고 주장하는 이 구성은 '머핀빵 1세트, 팬케이크

2조각, 소시지 패티 1장, 계란 후라이 1장, 해시브라운 1조각'이 꽤나 넉넉한 크기의 접시에 담겨 제공된다. 게다가 시럽, 버터, 딸기잼까지 기본 소스로 제공되기에 이것저것 나만의 조합을 만들어 시도해볼 수도 있다.

세트에는 드립 커피 한 잔이 포함되어 제공된다. 여름에는 아이스 드립 커피를, 겨울에는 뜨끈한 드립 커피를 주로 주문하게 되는데, 절반은 맥모닝을 먹는 동안 마시고 절반은 쭉쭉 들이키며 집으로 돌아온다.

이 구성은 굳이 유명 브런치 카페까지 찾아가지 않아도, 매일 출근하러 향하는 지하철역 앞 부근에서 손쉽게 만날 수 있는 그럭저럭 괜찮은 브런치라 좋다. 남이 차려준 브런치를(패스트푸드지만) 포크와 나이프로 썰어 먹는 고상한(?) 브런치 타임을 마치면, 섭취한 탄수화물과 카페인 덕에 없던 힘도 솟아나는 것 같다.

브런치 타임을 마치고 난 시간은 미국판이든 한국판이든 할 엘로드의 책 미라클 모닝 표지에 그려진 시간과 그리 가깝지 않지만. 어쨌든 나의 의지와 템포에 맞춘 미라클 모닝을 시작할 힘이 생긴다.

당신만의 휴일 힐링법이 있나요?

성인 ADHD라도 괜찮아

태규는 인도 배낭여행에서 만난 친구다. 시간과 돈 가운데 하나만 있다면 여행을 떠났던 그즈음, 인도 역시 그럭저럭 잘 여행할 수 있을 거라 생각하고 떠났지만. 세간의 소문만큼 인도 여행은 역시 만만치가 않았다.

구글 지도상에 있다는 길이 바라나시에는 없었고, 길이 없어야 할 길에는 끝을 알 수 없는 길이 시작되고 있었다. 구글맵도 무용지물인 바라나시에서 숙소를 찾아 미로 같은 골목길을 돌고 또 돌고 있을 때였다. 짊어진 짐은 점점 더 무겁게 느껴지고. 당최 보이지 않는 숙소를 해가 지기 전에 찾아야 할 때의 막막함이란.

그때 한 가게에서 팔찌를 꼬고 있는 태규를 만났다. 덥수

룩한 수염과 낡을 대로 낡은 티셔츠 차림, 이 모든 혼돈을 가만히 누르는 까만 뿔테 때문에 처음에는 그를 일본인으로 봤다. 항상 싸우는 동아시아 3국이지만, 타지에서 동양인을 만나면 그리 반가울 수가 없다. 인도인 가게 주인과 함께 가게 바닥에 양반다리로 앉아 팔찌를 뚫는 중인 그에게 영어로 떠듬떠듬 말을 걸었다. 바라나시에서 한 달은 거주한 듯한 장기 여행자의 모양새를 한 그라면 이 호텔의 위치를 알고 있을 거라는 희망을 품고.

"익스큐즈미… 두유 노우 디스 호텔?"

"한국 사람이세요?"

태규도 (마찬가지로) 나를 처음엔 중국인으로 봤다고 했다. 구수한 내 영어 발음에서 느껴진 콩글리쉬의 향기 덕분에 비로소 상호 말이 통하게 되었다. 바라나시에서 며칠간을 같이 또 따로 여행한 뒤 태규는 네팔로, 나는 인도의 다른 도시로 향하며 자연히 헤어지게 되었지만. 나는 지루하던 태규의 말동무가 되어줬고 태규는 도통 길을 못찾는 나의 길잡이가 되어준 닷에 한국에서도 계속 연락하는 사이가 되었다.

시간이 흘러 동갑이던 태규와 나는 각자의 밥벌이를 시작해야 할 때가 됐다. 그 무렵 태규의 인생에는 작고 큰 시련이 이어졌다. 그중 가장 가공할 만한 사건은 '태규가 인턴십을 위해 미국행 비행기를 끊었으나 비자 신청을 깜빡해 티켓을 날린 일'이었다. 그 사건으로 인해 적잖이 충격을 받은 태규는 요즘 본인 정신머리가 심각하다며 제 발로 정신과 진료를 받으러 갔다.

태규의 진단명은 '성인 ADHD'. 예상했지만 기대보다 심각한 상태라고 했다. 태규는 약을 처방받아서 당분간 매일 한 알씩, 중요한 일을 앞두고는 한 알 더 복용해야 한다고 했다.

"약 먹으니까 어때? 괜찮냐?"
"야, 남들은 이런 차분한 기분으로 평생을 살아왔다고 생각하니 지나온 인생 완전 손해 본 기분이다. 진짜 모래주머니 떼고 달리는 기분? 너도 한번 가서 검사받아봐."
"나?"
"그래 너도 나랑 비슷하잖아."

오랜만에 태규와 회동을 갖고 집으로 돌아와 구글에 '성인 ADHD 증상'을 검색했다.

– 어떤 일의 어려운 부분은 끝내 놓고, 마무리를 짓지 못해 곤란을 겪은 적이 있습니까?

– 약속이나 해야 할 일을 잊어버려 곤란을 겪은 적이 있습니까?

– 골치 아픈 일은 피하거나 미루는 경우가 있습니까?

– 오래 앉아 있을 때, 손을 만지작거리거나 발을 꼼지락거리는 경우가 있습니까?

– 마치 모터가 달린 것처럼, 과도하게 혹은 멈출 수 없이 활동하는 경우가 있습니까?

민간인 사찰을 당한 기분이었다. 태규와 나는 그 경중만이 달랐을 뿐 비슷한 인생을 살아온 것 같았다. 나도 태규가 먹는다는 약을 처방받아 먹어야 할까, 잠시간 고민했지만.

다음날 다시 생각해 보니 성인 ADHD도 나쁘지만은 않은 것 같았다. 무언가 즐거워 보이면 곧장 시도해 보는 나와 태규의 삶의 태도는, 깊지는 않지만 폭넓은 경험을 하게 만들어 줬다. 무작정 도전한 뒤 정작 끝맺은 것은 별로 없지만 그건 재능이 없는 분야라 합리화하면 되었고, 많이 재어보지 않고 뛰어들었기에 마냥 즐거웠던 시간은 좋은 추억이 되었다. 태규와 나는 한 나무를 100번 찍는 대신에 여러 나무를 한 번씩 찍어보는 방식으로 살아왔지만, 종종 한두 번의 도끼질에도 넘어오는 나무가 있긴 했다.

무언가 인생이 답답해 인도까지 날아와 미로 같은 바라나시 골목길을 헤매다 만난 우리. 결국 태규와 나는 각자의 경중대로 마주한 인생을 그럭저럭 잘 꾸려나가고 있다. '성인 ADHD스러운' 증상 때문에 손해 본 면도 있었겠지만, 덕 본 측면도 있다고 생각하니 우리에게 남은 어수선한 성격이 그리 원망스럽지만은 않았다.

끝까지 밀고 나가지 않는 게 문제지 다양한 것은 해봤으니 괜찮지 않았냐고. 이제는 그것 중 몇 개를 추려 끝까지 하기만 하면 될 것 아니냐고. 태규와 마주 앉아 우리의 처지를 위로했다.

당신은 어떤 성격의 사람인가요?

특출난 게 없어 슬픈
제너럴리스트를 위한 위로

  (자칭) 성인 ADHD 환자답게, 제2의 사춘기를 맞이하는 나의 요 몇 년은 상당히 부산스러웠다. 20살, 겉보기엔 자유가 주어진 듯한 대학생이 되었다. 하지만 내 대학 생활은 시트콤에서 본 대학 일상과는 완전히 달랐다. 성적이 부족해 원치 않는 학교를 잠자코 다녀야 했는데 그렇다고 재수를 할 용기는 없었기에 더 학교생활에 잘 적응하지 못했다. 그때 처음으로 알았다. 포기에는 생각보다 큰 각오가 필요하다는 것을. 손에 쥔 것을 놓아야 다른 것을 노릴 수 있는데 포기가 두려워 도전하지 않았던 나의 대학 생활은. 그렇게 물에 물 탄 듯, 술에 술 탄 듯 흘러갔다.

  학교생활에 큰 재미를 느끼지 못한 나는 이후 갖은 취미를 시도했다. 취미의 영역은 어차피 채워진 것이 전혀 없었기에 어떤 것도 포기하지 않아도 도전할 수가 있었다.

지금 생각해보니 코웃음이 나게도 첼로를 해 보겠다며 레슨 받은 적도 있다. 첼로는 멀리서 보기에 무척 근사한 악기 같았다. 사람 목소리에 가장 근접한 음을 낸다는 사실도 멋졌고, 뭔가 집채만 한 악기를 짊어지고 다니는 퍼포먼스도 멋들어져 보였다. 하지만 초심자는 사람 목소리 같은 중후한 목소리를 낼 수가 없었고, 집채만 해서 멋져 보였던 첼로는 메고 다닐수록 짜증만이 났다. 처음 첼로를 배우기 시작하면, 손가락이 얇고 단단한 쇠줄에 눌리고 눌려 엄청나게 아픈데, 끝마다 딱딱한 굳은살이 박일 때까진 그 시간을 견뎌야 한다고 했다. 그 뒤부터 진정한 연습이 시작되는데, 그저 단 꿀만 빨고 싶었던 나는 그 과정을 견디지 못했다. 도도해 보이는 백조가 수면 아래에서는 미친 듯 발을 젓듯이, 모든 결과에는 노력과 희생이 필요하다는 것을 몰랐던 때다.

그다음으로는 덜 아픈 음악이 없을까 하다가 작곡 레슨을 등록했다. 작곡은 배워서 되는 영역이 아니라는 것을 비싼 수강료를 내고서야 알았다. 레슨이 점차 선생님과 담소 시간으로 변질되는 것을 그리 오래 다니지 않고 깨달을 수 있었고, 이마저 금방 그만두고 말았다.

그러고는 한참 동안 여행에 빠졌다. 여행은 처음으로 내가 애정을 가지고 몰입한 취미였다. 첼로처럼 노력하지 않아도, 작곡처럼 타고나지 않아도 떠나기만 하면 즉시 그럭저럭 즐거운 시간이 이어져 좋았다. 특출난 재능이 없는 내가 마음 놓고 만끽할 수 있는 취미를 처음으로 찾았기에 지난 몇 년간 여행 덕분에 행복했다.

긴 여행을 마치고 나서야, 여행만으로는 먹고살 수 없다는 걸 알았다. 결국 여행 역시 내게 취미의 영역을 넘어서 직업이 되어주진 못했다. (여행만으로 먹고사는 사람도 많다. 이 역시 내 능력이 부족해서 그렇다.)

그 무렵 직업을 갖게 되었다. 직장인이 되고도 여행은 여전히 가장 좋아하는 취미였다. 돈과 시간 중 하나만 생기면 외국으로 날랐다. 돈이 여유로우면 비교적 호사스러운 여행이 가능했고, 돈이 없다면 아끼며 다니는 시간도 나름의 즐거움으로 남았다.

한 몇 년간 여행에 몰두했지만, 이마저 한풀 꺾이는 때가 왔다. 제임스 힐튼이 쓴 《잃어버린 지평선》의 배경 '샹그릴라'라고 중국이 우기는, 눈부신 중국 운남성의 도시를 가도 어쩐지 예전만큼 심장이 두근거리지 않았다. 때마침 코로나가 창궐하고 하늘길도 멈추어 섰다.

이때 내 취미 연대기의 바톤을 이어받아 준 주자가 바로 쓰기였다. 그간 듣고 본 것만 많던 인풋 중심 취미를 멈추고, 내 안의 인식을 정돈하고 걸러내어 종이 위에 출력하는 작업에 몰두했다.

결국 현재의 나는 회사 일에도, 수년간 시도한 취미 중 어느 것에도 전문가는 되지 못했다. 이러한 나의 처지가 참담하게 느껴진 나날도 있었지만. 어느 날 내게 '행복회로'를 돌려줄 마법의 단어를 마주했다.

'제너럴리스트'

다방면에 걸쳐 광범위한 지식과 경험을 가진 사람을 일컫는다고 한다. 그 반의어로는 '스페셜리스트' 즉 전문가가 있다.

스페셜리스트가 되기 위한 수면 아래 노력을 견뎌내지 못한 나는, (반강제로) 제너럴리스트의 삶에 안착하게 되었다. 하지만 (바라건대) 21세기는 '직'보다 '업'이 중요한 시대라고 했다. '직'은 내가 가진 타이틀 혹은 직책을 말하며, '업'은 내가 이루어 나가는 가치를 뜻한다. '업'이야말로 내가 이 세상에 온 이유이자 하늘이 내게 내린 사명이라고도 했다. 다시금 '행복회로'가 돌아가기 시작했다.

포기할 용기가 없어 원하는 직을 얻지 못했을지라도, 그렇다고 회사를 때려치울 수는 없잖아. 포기할 패기가 없어도 괜찮다. 때려치우지 않고도 내 손이 닿는 영역 가운데서 꾸준히 시도하며. 그중에 얻어걸린 한 가지만 내 업이 되어주어도 괜찮지 않을까.

그렇게 나는 OOO전문가가 아닌, 영원한 OOO아마추어로. 가벼운 책임감만을 느끼며 적당히 묵직한 즐거움을 누리고 있다. 그러니까 전문가가 못되어도 절대로 괜찮다.

당신은 어떤 일들을 하나요?

취미에도 소생밸이 필요해

 취미를 굳이 두 종류로 나누면 소비적인 타입과 생산적인 타입으로 나눌 수 있을 것 같다. 개인에 따라 다르겠으나 내 기준 '소비적 취미'란 유튜브 보기, 드라마나 영화 보기, 잠자기, 멍때리기 같이 특별한 결과가 남지 않는 취미를 말하고, '생산적 취미'란 뜨개질이나 글쓰기나 영상 제작과 같이 유무형의 결과물이 남는 시간을 말한다.

 얼핏 들어보면 소비적인 취미는 비효율적인 시간 같고 생산적 취미가 더 좋아 보이지만. 한동안 생산적인 취미에 몰두한 나는 요즘 '일상 속 소비적 취미'의 중요성 역시 절감하는 중이다.

 사실 요 몇 년간 나는 갖은 생산 활동에 열심이었다. 글을 쓰며 흙탕물같이 어지럽기만 하던 내면이 정돈되는 것을 느꼈다. 어떤 상담으로도, 어떤 시도로도 이룰 수 없던 '내면의 안정'에 도달하고 나니 글쓰기가 더 좋아졌다.

또 어차피 여행 가서 사진 찍는데, 요즘 대세라는 유튜브를 나도 한번 해 보자 싶어 영상제작에도 도전을 했다. 처음에는 단순히 찍어온 영상을 붙여 업로드하는 수준이었지만, 점점 욕심이 생겼다. 어느 순간 편집이 하기 싫어 여행 가기를 망설이는 내가 보였다. 여행이 좋아 유튜브도 시작한 건데. 유튜브가 부담스러워지니 더 좋아하던 여행까지 주저하게 됐다.

과거 '극 P(즉흥 유형) 인간'이자 (자칭) 대한민국 대표 시간 킬러답게, 시간을 죽이는 데에만 재능이 있던 나. 어찌하여 요즘에는 스스로를 정반대 방향으로 몰아붙이는 데만 몰두한 걸까. 참으로 중용이라는 건 모르는 극단적인 인간인 듯하다.

평생을 시간 킬러로 지내다, 생산적 취미에 빠지고 약간의 성과가 탄생하니 신이 났다. (자기 계발서에서 부르짖는 그 성과 말이다.) 무언가를 창작하기 위해서 머리를 뜯는 시간은 실로 힘들었지만, 결국 결과에 닿았을 때는 일론 머스크도 부럽지 않은 뿌듯한 기분이 됐다.

그 뿌듯함에 매료되었나 보다. 갖은 취미로 다양하게 채우던 주말이었지만, 요즘엔 주말이 되면 주로 카페나 도서관에 갔다. 창작이라는 영역은 끝이 없었다. 하나가 끝나면 다음 아이디어가 또 생각났다. 할 일 체크리스트를 지우고 지워도 썰물같이 할 거리는 또 쌓였다. 세상에는 재밌는 일이 많고 도전해 보고 싶은 프로젝트도 많기 때문이다.

어느 날 현타가 왔다. 요즘 내가 벌린 일들은 취미의 양을 벗어났다는 느낌이 들었다. 생산을 멈출 때가 온 것이다. 빼곡하게 할 일과 해냈음이 기록된 다이어리를 봤다. 어느새 6월이었다. 일 년 중 절반이 지나 여름이 코앞까지 다가와 있었다. 주위를 둘러보았다. 다음에, 이것만 마치고를 외치며 미뤄뒀던 소비적 취미가 한가득 쌓여있었다.

  – 오랫동안 나가지 못했던 한강 피크닉
  – 3시간 동안 예쁘게 만들어 10분 컷으로 해치우는 맛있는

디저트

- 허겁지겁 배를 채우는 한 끼 말고 나를 위해 정성스레 차리는 저녁
- 생존을 위해 걸치고 나가는 출근용 옷차림 말고, 평소에 잘 입을 일 없지만 기분 좋은 옷차림
- 컨텐츠를 생산하지 않고 그냥 여행하기
- 책이나 영화의 효용 따위를 생각하지 않고 끌리면 아무거나 펼쳐보기

일에만 번아웃이 오는 줄 알았는데. 좋아서 하는 취미도 번아웃 비스무리한 감정이 생기기도 했다. 역시 인간은 생각보다 나약했고, 시간과 생산량을 스스로 주무를 수 있다는 건방진 생각일랑 하지 말아야 했다. 좋아서 했던 취미에 진심으로 번아웃이 오기 전에. 소비적 취미와 생산적 취미 둘 사이를 밀당하며, 나의 세계를 채워 나가는 수밖에. 인생에 워라밸이 필요하듯 취미에도 '소생밸'이 필요했다.

모두가 본업으로 덕업일치를 이룰 수는 없기에. '사람은 무엇으로 사는가?'라는 질문에 '취미로 산다'고 대답하고 싶은 나. 한때는 소모적 취미에 너무 빠져서, 요즘은 생산

적 활동에 너무 빠져 지칠 뻔했다.

이제야 조금 알 것 같다. 이 두 취미는 똑같이 값지다는 것을. 둘 중에 어느 것도 잃지 않고 밀-당-밀-당하며 인생을 쌓아가야 한다는 사실을.

당신의 취미는 무엇인가요?

가을

나의 박쥐병 퇴마기

지난 8월, 오랜만에 이사를 했다. 그간 겨울잠을 준비하는 다람쥐처럼 조용조용 모아둔 돈으로 방을 한 칸이나마 넓힐 수 있었다. 7년간 4번 한 이사를 추억하며, 그간 머문 공간의 연대기를 한번 나열해 볼까 한다.

내 서울살이는 영어지만 무척이나 정겨운 뜻의 이름을 가진 00빌 한 원룸에서 시작되었다. 첫 직장을 구하면서부터 독립 라이프가 어찌저찌 시작되어 버렸는데, 그 전엔 쭉 부모님 집에서 살아왔던 탓에 내 공간에 무엇이 필요할지조차 생각해 본 적이 없었다. 본가에서 이불 한 채, 그릇 한 세트를 싸서 들고 와 시작한 자취 라이프가 벌써 7년 차쯤 되어가고 있다. 그간 자취라는 특성 덕에 비교적 다양한 환경에서 살아볼 수 있었다. 남서향 분리형 원룸, 북향 일체형 원룸, 동향 원룸 아파트, 남향 투룸 아파트까지.

　방향과 크기가 다양한 공간에서 삶을 견뎌보며, 우리 사
회에서 대단한 무언가로 여겨지는 '의지'가 실은 참으로 부
질없는 것 같다는 생각을 종종 했다. 월세를 아끼겠다며 남
향에다가 비교적 평수도 넓었던 볕 잘 드는 원룸에서, 평수
가 그 절반에 불과하고 북향인 데다 바로 앞이 다른 빌라
로 가로막힌 집으로 이사를 간 적이 있다. 다달이 발생하는
월세 지출이 줄어 기쁜 것도 잠시. 침대와 옷장만으로도 꽉
차 몇 발짝 걷는 것조차 버거운 그 방에서는 삶의 에너지
도 점차 싱글 매트리스만큼 쪼그라들었다. 남들은 건조하
다고 성화인 겨울에도 이상하리만치 곰팡이가 기세등등한
북향 방에서. 나의 옷과 정신은 점차 초록 곰팡이에 잠식되
어 갔다. 아침에도 낮에도 늦은 오후와 다를 바 없이 컴컴
한 동굴 같은 세계. 몸과 마음이 동굴 속 박쥐처럼 거꾸로
기우는 듯한 이상 증세를 감지하곤, 다소 무리를 해서라도
볕이 드는 세상으로 거처를 옮기고 싶어졌다.

　카드값을 제때 갚아내었더니, 돈은 없었지만 신용은 있었
다. 동향에 층수도 높은 아파트로 이사를 시도했다. 동향이

아침에만 지나치게 밝아 싫다는 사람도 있지만, 내겐 그 점이 특장점으로 와닿았다. 일부러 침대도 동쪽에서 뜨는 해가 내 눈으로 직행하는 방향으로 놓았다. (다른 세대는 보통 이와 반대로 침대를 놓고 생활하는 것 같았다.) 여름엔 좀 더 일찍, 겨울에는 좀 더 늦게 직통으로 꽂히는 햇빛이 좋아서 블라인드도 달지 않고 생활했던 기억이 있다. 아침에 방이 밝아지자 눈이 떠지지 않고는 배길 수가 없었다. 힘겹지 않게 아침이 시작되니 매일의 컨디션도 이전보다 나아졌다. 동향 아파트에서 몇 년간 햇볕 치료를 받으며 나를 잠식했던 박쥐병(몸과 마음이 박쥐처럼 삐딱해지는 것을 이르는 이 글만의 약어)도 가까스로 퇴마해내었다.

가장 최근에는 남향으로 이사와 살고 있다. 7년간의 서울 생활 끝에 드디어 원룸 형태에서 벗어나 잠자리와 생활공간이 분리된 속칭 '투룸'으로 거처를 옮겼다. 집의 절대적 크기가 늘며 들일 수 있는 가전과 가구도 더 많아졌다. 이불 한 채, 그릇 한 세트로 시작되어 자동차 한 대만으로 이사가 가능하던 나의 서울살이도 그만큼 부피가 넉넉해졌다. 빌트인 가전이 아니라 내 가전이 생기자, 모든 것을 더 세심히 관리해야 했다. 냉장고에 흘러내린 소스 청소에, 세탁조에 걸러진 먼지 청소에 소홀할 수가 없었다.

또 가까스로 박쥐병을 퇴치해 낸 지 얼마 되지 않았기에, 다시 박쥐병 증세가 도지지 않도록 환경을 관리하는 데도 신경을 써야 했다. 쾌적한 환경과 건강한 정신이 상호 유기적 관계임을 체감했으나, 여전히 건강한 정신을 유지하는 데는 서투르기 때문이다. 스스로 관리할 수 있는 범위는 깨끗한 환경 정도라는 사실을 알기에 요즘은 내 공간을 쓸고 닦는 일에 꽤나 열심이다. 유튜브에 등장하는 저 살림 대가처럼 내 집 역시 깔끔하게 유지하고 싶지만, 타고나길 너저분한 나는 그렇게 할 수는 없다는 사실을 깨달았다. 머리를 말리고 나서 떨어진 머리카락을 곧장 주워 버리고, 붉고 노란 곰팡이가 욕실을 점령해야 락스 통을 들던 이전과 달리 주말마다 욕실 청소를 한 번씩 해주는 정도가 나의 최선이었다.

보름 혹은 한 달에 한 번 청소를 몰아서 하며 '그래도 치웠으니 상관없다'고 여기던 박쥐병 시절. 자주 치우면 그리 고되지 않다는 사실을 몰랐다. 무언가를 비워내고 닦아내는 일은 언제나 마음먹고 시도해야 하는 빅-이벤트였는데. 물때가 자리 잡기 전에 안 쓰는 칫솔로 한 번만 훑어내고, 먼지 덤불이 방 모서리에 굴러다니기 전에 청소포로 낮게 깔린 먼지를 흡착하면 된다는 사실을 이제야 알았다.

그리하여 내 생활과 먼 개념이던 청소는 비로소 내가 그리 꺼리지 않는 생활 속 루틴으로 안착한 것 같다. 내다 버려야 할 쓰레기와 마음속 찌꺼기는 가능한 한 빨리 비워줘야 외면하고 싶은 순간까지 일이 커지지 않았다.

당신은 청소를 좋아하나요?

라떼와 나때를 좋아하는 여자

술은 마시고 담배는 피우지 않는다. 술은 이른 나이에 방구석 알코올 중독자가 될 뻔한 위기를 겪고 가까스로 끊어내었다. (물론 기쁘고 슬픈 날 한 잔을 짠- 걸치는 기회까지 내려놓지는 않았다.) 잔잔한 노력이 주는 성취보다 출렁이는 도파민에 더 휘둘리는 내 성향을 알기에, 담배는 처음부터 입에 대지 않았다.

이 험한 세상을 가까스로 향정신성 물질 없이 맨정신으로 버티어나가는 내게, 스스로 허가한 유일한 붐-업 물질은 바로 카페인이다.

맹렬하던 여름이 소리 없이 저물고 아침저녁으로 바람이 쌀쌀해져 오는 초가을엔, 기가 막히게 따뜻한 라떼가 그립다. 익숙지 않은 찬 기운에 그저 이불을 둘둘 말고 침대와 한 몸이 되고 싶은 아침.

'일찍 가면 라떼 한 잔 사 줄게'

속삭이며 스스로를 꾀인다. 내 카드에서 돈이 나가서 나를 먹이는 일이니 '사준다'는 표현은 적절치 않지만. 그래도 달리 나를 도닥여 줄 가족이 없는 1인 가구는 이런 아침이라면 앞뒤가 맞지 않는 표현으로나마 스스로를 꼬셔야 한다. 그리하여 가까스로 머리를 감고 옷을 걸친 뒤 평소보다 조금 더 상기된 발걸음으로 회사 앞 카페에 당도한다. 따듯한 라떼를 들이키며 몸속 한 줄기가 따끈해지는 걸 느낀다. 커피가 기온보다 따듯해서일지, 그 속에 섞인 카페인 파워 덕분인지. 어제보다 약간 더 추워진 오늘도 그럭저럭 잘 헤쳐 나갈 수 있을 것 같은 안정된 기분이 된다.

이렇게 라떼는 내게 '안정과 평화'의 다른 표현이다. 겨울에는 따듯한 라떼로 심신 안정을, 여름에는 시원한 라떼로 도심 속 이너피스를 찾는다.

이 부분은 틀림없이 엄마를 닮았다. 커피에 대한 나의 기억은 엄마의 맥심으로 시작된다. 엄마는 매일 커피 믹스를 두어 잔 마셨다. 아침에는 새 하루가 시작되었으니 당연히 한 잔, 오후에는 하루가 잘 흘러가고 있으니 또 한 잔을 마셨다. 생활의 곳곳에서 부침이 느껴질 때는 엄마의 하루에 N잔의 커피가 추가되었다. 아빠와 다퉜을 때, 우리 남매가 싸워 속상할 때. 엄마는 별수 없이 맥심의 봉지를 찢었다. 작고 노란 그 봉지는 그 시절 엄마에게 '안정과 평화'를 가져다주는 가장 재빠른 수단이었다. 오늘날 따듯하고 차가운 라떼가 내게 그렇듯.

커피 믹스는 가능한 지양하려 하지만, 회사에서 지칠 땐 또 그만한 자양강장제가 없다. 회사 밖으로 뛰쳐나갈 여유가 없을 땐 노란 커피 믹스 두 봉을 뜯어 뜨거운 물에 녹이고 얼음을 탄다. 믹스 두 봉으로 만든 K-회사원 카페라떼야말로 21세기 한국 사회를 지탱하는 시대의 기둥 중 하나가 아닐까 싶다. 급조된 K-회사원 라떼로 반짝 에너지를 당기면, 또 그럭저럭 남은 하루를 버틸 기운이 생긴다. 엄마가 그랬듯.

이미 한물간 표현인 것 같기도 하지만, '나 때는 말이야~'

의 '나 때'도 개인적으로 그리 밉지만은 않다. '추억으로 산다'는 말에 동의하는 사람으로서, 그네들의 '나 때'를 들어보는 일은 종종 흥미롭다. 세상 무섭게 생긴 부장이 대학 시절 밴드부 보컬이었다는 이야기는 소름 돋게 놀라웠고, 회사에 말도 없이 동네 전국 노래자랑 예선에 나갔다는 소식은 더 충격적이었다. 물론 '나 때는 말이야~'가 듣기 좋은 건 그 추억을 풀기 시작하는 저 아저씨가 밉지 않기 때문이다. (듣기 싫은 '나 때'를 시작하는 사람이 생긴다면 타산지석 삼아 잠시 듣고 넘기면 그만이다.)

　무심결에 '나 때'를 외치며 아저씨들은 종종 20년 전으로 돌아간다. 급격히 초롱초롱해진 그들의 눈빛과 함께 짧은 과거 여행을 떠나, 그 시절에 내려 그들과 마주한다. 유난히 생생한 추억 조각 몇 개를 끝없이 곱씹으며 내가 오늘을 버티듯. 그들도 이 추억으로 오늘을 버티고 있겠구나. 이 세계에서는 이해하기 어려운 인물도 추억 여행의 목적지에서는 조금 더 이해할 수 있게 된다. (너무 잦지 않은) '나 때는 말이야~'를 싫어하지만은 않는 이유다.

　이렇게 오늘도 라떼와 나때의 힘으로 버틴다. 이 두 축은 회사에 잠긴 3N살의 도시인을 달래는 당근이요 채찍이다. 라떼로 장작을 넣어 준 오늘이 먼 훗날에는 기분 좋은 '나 때'가 되어야 할 텐데. 쉽지는 않겠지만, 부디 그렇게 되기를 바란다.

당신은 라떼를 좋아하나요?

죽음의 수용소에서 찾은,
'살아야 할 이유'

   요즘 나는 삶이 '한 번뿐임'에 적잖은 스트레스를 받고 있다. 심지어 몇 달 전에는 이런 꿈을 꾸고 놀라, 기록해 두기도 했다.

   꿈에 외삼촌이 나왔다. 지금 60이 넘은 외삼촌이 아니라, 내가 초딩 시절 때 봤던 그때의 젊은 모습으로 말이다. 지금도 그렇지만 20년 전 외삼촌은 상당한 장난꾸러기였고 빨간 티코를 자가용으로 몰았다. 자주 그 차를 얻어 탄 것도 아니건만. 명절 즈음에 빨간 티코 뒷자리에 사촌들과 옹기종기 태워져, 이리저리 드리프트 되던 사건이 아주 강렬한 기억으로 남았나 보다. 꿈속에서 잊고 살던 그 빨간 티코 뒷자리에 사촌들과 함께 실려, 팍팍 꺾이는 핸들 방향을 따라 신나게 휩쓸렸다.

그런데 꿈속 다음 장면에서 외삼촌이 30대가 아닌 60대로 진화해 있었다. 나 역시 초딩이 아닌 지금의 내 모습이었다. 꿈속이라 그런지 시간이 놀랍도록 껑충 뛰었고, 티코를 핸들이 빠질 듯 돌려대던 장난꾸러기 외삼촌도 골프밖에 모르는 아저씨가 되어있었다. 곧 환갑이라고도 했다. 인생을 대략 90세 정도 산다고 생각하고, 내가 이미 삼분의 일이나 살았버렸다니. 이렇게 두 바퀴 더 살면 이 생이 끝난다고 생각하니. 꿈속에서부터 너무 슬펐다. 개똥 같은 꿈이었지만 꿈속에서의 나는 아주 심각했다. 그 사실이 슬퍼서 엉엉 울면서 꿈에서 깼다. 꿈이 슬퍼서 눈물 흘리면서 깨다니. 웃기기도 했지만, 그 아침엔 나름의 교훈이 있었다. 시간은 몹시 빠르게 흐르며 돌아갈 수가 없다는 교훈 말이다. 그렇게 생각하니 매일 맞이하는 하루가, 매번 흘러가 버리는 시간이 아까워졌다. 매일을 즐거운 생각과 느낌으로 채워야겠다고 다짐했던 아침이었다.

요즘 이렇게 인생의 일회성으로 인해 고민이 많았다. 분명 이 사건이 끝나고 나면 더 나은 선택지를 알게 되겠지만. 그때는 재선택의 기회가 없다는 인생의 이 특징이 두려웠다. 또 먹고사니즘의 영향에서 벗어나지 못하며, 나란

인간이 추구해야 할 삶의 궁극적 목표에 대해서도 고민이
끊이질 않는 여름이었다.

그러다 읽게 된《빅터 프랭클의 죽음의 수용소에서》. 유
대인이었던 저자는 2차 세계대전 당시 3년 동안 아우슈비
츠 등의 강제 수용소에 수용되었다. 끌려온 수용자들은 그
즉시 사회에서 얻은 모든 것을 박탈당했다고 한다. 심지어
나치는 수용자들에게 마지막 남은 마지막 한 가지, 이성마
저 잃게 하려 각종 정신적 수치와 고통을 줬다.

> 나는 살아 있는 인간 실험실이자 시험장이었던 강제
> 수용소에서 어떤 사람들이 성자처럼 행동할 때, 또 다
> 른 사람들은 돼지처럼 행동하는 것을 보았다. 사람들
> 은 내면에 두 개의 잠재력을 모두 갖고 있는데, 그중
> 어떤 것을 취하느냐 하는 문제는 전적으로 본인의 의
> 지에 달려있다.
> (죽음의 수용소에서, 빅터 프랭클, 청아출판사, 2020)

28명 가운데 한 명만이 살아 나갔다는 이 죽느냐 사느냐
의 갈림길에서. 저자는 오히려 인간 의지의 위대함을 경험

했다고 한다.

> 몇 주 먼저 이곳에 들어온 동료 한 사람이 몰래 내 막
> 사로 숨어 들어와서 우리를 안심시키려고 몇 가지 말
> 을 해주었다. *"가능하면 매일 같이 면도를 하게. 유리*
> *조각으로 면도해야 하는 한이 있더라도. 그것 때문에*
> *마지막 남은 빵을 포기해야 하더라도 말일세.*
> *(죽음의 수용소에서, 빅터 프랭클, 청아출판사, 2020)*

비실비실하게 보여서 가스실로 끌려가지 않으려면 이렇게 해야 한다는 선배 수감자의 조언이지만, 평범한 오늘을 살아가는 내게도 어쩐지 크게 와 닿던 문구였다. 육체적 생존을 위해 타협하기보다는, 정신적 생존을 위해 철저히 노력하라고 말해주는 것 같았다.

이 책에서 박사는 삶의 본질이 '책임감'이라고 거듭 강조했다. 우리는 삶 그 자체에 특별한 의미가 있다고 믿고 계속 삶에게 왜 살아야 하냐고 묻지만. 사실 우리는 반대로 삶으로부터 질문을 받고 있으며, 자신의 삶에 '책임짐'으로써만 그 질문에 응답할 수 있다고 했다.

즉 삶의 의미 같은 거대한 무언가를 찾아 명상하고 헤맬 때 그 의미를 마주할 수 있는 게 아니라, 그저 올바른 행동과 태도로 개인 앞에 오늘 놓인 과제를 묵묵히 수행해 가는 과정에서 자신만의 삶의 의미를 발견할 수 있다고 했다.

이후 박사는 삶의 의미를 찾는 방법으로 세 가지를 제안했다.

첫째. 무언가를 창조하고 어떤 일을 함으로써

둘째. 어떤 일을 경험하거나 어떤 사람을 만남으로써

셋째. 피할 수 없는 시련에 대해 어떤 태도를 취하기로 결정함으로써

첫 번째 방법은 더 설명이 필요 없을 정도로 명확하다. 단순히 반복되는 삶보다는 반복 속에 변주가 깃든 삶이 재미있으니까. 두 번째 방법에 대해서도 같은 의견이다. 박사는 가장 깊은 만남은 사랑이라 말했고, 사랑은 다른 사람의 인간성을 가장 깊은 곳까지 파악할 수 있는 유일한 방법이랬다. 사랑함으로써 사람은 사랑하는 사람이 지닌 개성을 볼 수 있으며 그 사람의 잠재력을 찾고 발휘하도록 도와줄 수 있다고도 했다. 세 번째 방법이 바로 이 책에서 내내 강조하는 내용이다. 어떤 절망적인 상황에 놓인 인간

일지라도 마음먹기에 따라 상황을 비극에서 승리로 바꿔 놓을 수 있다는 말이다.

내가 요즘 은근한 공포를 느끼고 있던 인생의 일회성. 이에 관해서도 책 속 메시지에서 사고의 전환점을 발견할 수 있었다.

인간 존재가 본질적으로 일회적이라는 사실을 염두에 두고 있는 로고테라피는 염세적인 것이 아니라 오히려 적극적인 것이다. 염세주의자는 매일 같이 벽에 걸린 달력을 찢어 내면서 날이 갈수록 그것이 얇아지는 것을 두려움과 슬픔으로 바라보는 사람이다. 반면 삶의 문제에 적극적으로 대처하는 사람은 떼어 낸 달력 뒷장에 중요한 일과를 적어 놓고, 그것을 순서대로 깔끔하게 차곡차곡 쌓아 놓는 사람과 같다. 그는 거기에 적혀 있는 풍부한 내용들, 그동안 충실하게 살아온 삶의 기록들에 자부심을 가지고 즐겁게 반추해 볼 수 있다.
(죽음의 수용소에서, 빅터 프랭클, 청아출판사, 2020)

이런 삶의 일회성이야말로 우리에게 삶의 각 순간을 최대한 활용해서 살아야 한다는 사실을 일깨워주는 것이 아닐까?

영화는 수천 개의 장면으로 이뤄져 있고, 각각의 장면
이 뜻이 있고 의미가 있다. 하지만 영화의 전체적인
의미는 마지막 장면이 나오기 전까지 드러나지 않는
다. 영화를 구성하고 있는 각 부분, 개별적인 장면을
보지 않고서는 영화 전체를 이해할 수가 없다. 삶도
이와 마찬가지가 아닐까? 삶의 최종적인 의미 역시 임
종 순간에 드러나는 것이 아닐까? 그리고 이 최종적인
의미는 각각의 개별적인 상황이 가진 잠재적인 의미
가 각 개인의 지식과 믿음에 최선의 상태로 실현됐는
가, 아닌가에 따라 결정되는 것이 아닐까?

(죽음의 수용소에서, 빅터 프랭클, 청아출판사, 2020)

삶이 잠시간 아래로 곤두박질칠지라도, 현 상황에 대한
의미 부여는 본인만이 할 수 있다는 사실을 믿으며. 미래
에 대한 기대를 바탕으로 스스로를 구원하는 인간이 되기
를, 간절히 소망하여 본다.

힘든 시기를 보낼 때 당신만의 희망은 무엇인가요?

내가 따라가야 할 길은

　요즘 다시 요가를 다시 시작했다. 퇴근 후 집에 들어가면, 거의 다시 집 밖으로 나오지 않는 내 습성을 잘 알기에 퇴근 후 직행할 수 있는 시간대를 찾아 등록했다.

　퇴근 후 종종거리며 도착한 새로운 요가 강의실. 역시 처음 보는 선생님이 '전에 요가를 해 본 적이 있냐'고 물었다. 몇 년 전에 한 것도 해 봤다고 해야 할지 몰라서 잠깐 고민을 하다가. 그래도 해 본 건 해 본 거니까, '해 보긴 했어요'라고 얼버무렸다.

　강의실의 1~2열은 '열심 회원'의 공간으로, 신입 회원은 '3열' 이후로 자리 잡는 게 이곳의 보이지 않는 규칙인 듯 했다. 첫날 그러한 분위기를 감지하고 로마에서는 로마의 규칙을 따르려 3열 가장자리에 매트를 폈다.

합창 인사로 수업을 연 머리가 희끗희끗한 요가 선생님은, 불필요한 지방이라곤 없이 얇은 피부 아래로 단단한 근육만을 지니고 있었다. 염색하지 않은 긴 머리칼을 통으로 단출히 묶어내고 위아래로 과하지 않은 운동복을 걸친 선생님의 모습은 그 자체로 상상하던 '요가인' 같았다. 앞뒤로 거울이 있는 방에서 선생님은 수강생과 마주 보고 앉았다. 꼿꼿한 선생님의 자세만큼 수업을 여는 선생님의 목소리도 곧았다. 수업 내내 흥분하지도 가라앉지도 않고 일정한 레벨로 유지되는 목소리 톤이 선생님과 참 잘 어울렸다.

오랜만에 요가를 다시 해 보기로 마음먹은 터라, (당연하게도) 몸이 마음과 같이 움직이지 않았다. 뭐든 꾸준히 해야 하는데. 왜 나란 인간은 운동마저 작심 석 달인지 알 수가 없다.

앉아서 하는 동작의 시퀀스가 시작되었다. 내 앞으로 이미 두 줄의 매트 무리가 있기에 마주 보고 앉은 선생님이 그리 잘 보이지는 않았다. 우선 귀를 쫑긋 열어 선생님의 낮고도 단단한 음성에 주의를 기울여 보았다. 앉아서 하는 동작에서 눕는 동작으로 흐름이 이어지며 선생님은 점점 내 시야 바깥으로 멀어졌다. 선생님의 정석과도 같은 설명에 최대한 집중했지만, 그래도 동작이 이해되지 않을 땐 할 수 없이 양옆의 수강생을 기웃거리는 수밖에 없었다. 그렇게 4년 만에 요가 하는 티를 팍팍 내며, 온 감각을 살려 겨우 수업을 따라가는 중이었다.

"오른 무릎을 쫙 펴시고 왼팔을 오른 다리에 올려주세요. 그리고 오른 발날을 매트 끝까지 꼼지락꼼지락 옮겨주세요. 그런 다음에…. (이하 생략)"

'오늘부터 꾸준히 하면 나도 저 선생님처럼 나이들 수 있을까?' 따위의 망상을 하며, 몸은 선생님의 지시를 이리저리 따르는 중이었다.

아니, 이럴 수가! 잠깐 딴생각을 했더니 어느 순간부터 선생님의 설명이 잘 이해되지 않았다. 선생님의 설명은 이미 더해지고 더해져 내가 멈춰선 동작과는 점점 멀어져 버렸다. 마음이 급해진 나는 내 왼쪽 수강생도 한번 흘끔 보고, 오른쪽 수강생도 얼른 염탐했다. 그 둘은 얼핏 보기엔 닮았지만 다른 포즈를 하고 있었다. 누구 말이 맞을까. 왼쪽 수강생도 선생님의 말을 충실히 따른 것 같았고, 오른쪽에 수강생도 선생님의 말을 그대로 이행한 것 같았다.

대체 둘 중에 누구를 따라 해야 할지 몰라서, 누운 상태에서 고개를 빼꼼 들어서 앞 열 열심 수강생의 모습을 얼른 컨닝했다. 놀랍게도 그녀의 모습은 좌우 수강생과는 또약간 달랐다.

어떻게 이럴 수가. 3초도 안 되는 사이에 머릿속이 아주 복잡해진 나는, 결국 큰마음을 먹고 상체를 일으켜 세워 선생님의 자세를 봤다.

세상에 이런 일이! 선생님은 좌, 우, 앞 수강생과는 또 다른 모양새로 누워계셨다. 선생님의 자세를 보고 다시 내 매트에 누워 선생님의 멘트를 곱씹으니, 이제야 온전히 이해가 됐다. 그 동작을 따라 내 몸도 꼬고 완성한 뒤에야, 원초적인 의문이 피어올랐다.

'한 동작을 설명해도 어쩜 4인 4색으로 이해할 수가 있을까?'

만약 내가 왼쪽 수강생을 흘끔 보고 따라 했다면?

만약 내가 오른쪽 수강생만 곁눈질하고 따라 하려 했다면?

만약 내가 고개만 살짝 들어 앞 수강생만 대충 따라 하려 했다면?

얼마 전 스치듯 책에서 본 구절이 생각났다. 우리가 곱씹고 따라 해야 할 바는 주변의 고만고만한 동료가 아니라 내 분야의 대가라는 내용이었다. 책에서 슬쩍 읽을 때는 완전히 동의할 수 없었으나, 이 사태를 겪고 나서야 작가가 어떤 의미로 한 말이었을지 이해가 됐다.

잠시 같은 자세로 동작을 유지하는 동안, 순간 공상의 흐름이 그 구절에 꽂혔다. 자세를 분명히 해내고 싶다면 내가 집중해야 할 것은 이 교실의 거장인 선생님의 말씀이지, 나와 비슷한 처지인 수강생의 자세가 아니었다. 비단 요가에만 해당되는 이야기는 아닐 것이다. 원하는 인생을 위해 천천히 그러나 정확한 방향으로 나아가고 싶다면, 내가 따라야 할 삶의 태도 역시 편하게 합리화될 만한 방향보다는 좀 더 거대하고 곧은 방향이어야 할 것 같았다.

지금 떠오른 것이 내 생각이 맞는지. 주변 의견을 편안하다는 이유로, 익숙하다는 이유로 그저 따라가는 건 아닌지. 늘 경계하며 살아야겠다는 생각이 순간 스치었다. 역시 요가는 운동과 명상을 동시에 진행시켜주는 훌륭한 수련이다.

당신은 길을 잃었을 때 어떻게 방향을 찾나요?

주인공으로 돌아오기

'나 요즘 사춘기인 것 같아.'

'ㅋㅋㅋㅋㅋ 네가 애냐?'

'진지해'

'진지나 잡수셔~ 나이 서른에? 정신 차려라!'

흔히 학창 시절에 겪는다는 사춘기. 그 정의를 간만에 검색해보니 '아동기를 벗어나 성인의 정신과 신체를 갖추어 나가는 과정'이라고 한다. 키도 다 컸고 가슴은 커지다 못해 이제 작아지고 있으므로 신체적인 변혁은 나도 그 시기 쯤에 겪긴 한 것 같다. 다만 '우리 애는 사춘기도 없었어'라고 엄마가 자랑스레 여기는 딸인 나는, 그 시기에 형성해야 할 정체감을 찾지 못한 채 어른이 됐다.

임상심리학자 제임스 마샤는 사춘기 시기의 정체감 형성 유형을 4가지로 분류했다고 한다.

타입 1	정체감 위기를 겪고 스스로 의사결정을 해낸 뒤 제 분야에 헌신하여 위기를 성공적으로 극복한 사람
타입 2	정체감 위기를 겪고 있지만 아직 자신이 헌신할 것을 찾지 못해 분투 중인 사람
타입 3	정체감 위기를 겪지 않은 채 부모님 혹은 사회 풍조에 의해 헌신할 진로와 분야를 주입받은 사람
타입 4	정체감 위기도 없고 헌신할 대상도 찾지 못한 채 인생과 진로에 대한 비전 없이 방황하는 사람

학창 시절의 나는 3번 타입쯤에 속했을 것 같다. 정체감 위기를 겪지 않은 그 (겉보기엔) 착실했던 시간을 우리 부모님은 자랑스러워했지만, 결국 나라는 개인에게는 별 도움이 못 됐다. 대학 진학 후 가까스로 나를 탐색할 기회가 주어졌는데. 인생에는 '지랄 총량의 법칙'이 있다더니, 그

말이 진짜 맞는지 이른 사춘기가 없던 내게 뒤늦은 사춘기가 시작된 것 같았다.

내면에서 길고 지루한 사춘기가 시작되었지만, 껍데기가 짊어진 시간은 갔다. 학교를 졸업했고, 가까스로 취업도 했다. 속이 여전히 요동치는 가운데 껍데기만 차가운 바깥바람에 아무렇게나 굳어가는 듯해 점점 초조해졌다. 별다른 계기가 없다면 내 인생이 이대로 완전히 굳어질 것 같았기 때문이다. 타입 3에서 출발한 뒤늦은 사춘기가 타입 2 수준으로 치닫는 중이었다.

이즈음 나는 우연한 계기로 글쓰기를 시작했다. 별다른 인식 없이 딸로서 직장인으로서 누나로서 친구로서 애인으로서, 즉 조연의 역할로만 자신을 인식하던 내가, 나를 중심으로 나만의 수기를 기록하자 조금씩 무언가가 달라지기 시작했다.

글로 남기는 일은 사실 글쓰기의 마무리 단계에 가까웠다. 실은 쓰려고 마음먹으면 우선 내 삶부터 관찰해야 했다. 현생은 안타깝게도 넘치게 기쁜 날보단 평범하거나 힘든 일이 더 많으나. 평범한 날도 나쁜 날도 글감이 될 수도 있으니 그리 속상하지만은 않았고 기쁜 일은 글로 남길 수 있어 더더욱 벅찼다.

사건을 있는 그대로를 관찰하는 습관이 생기자, 이해할 수 없던 타인도 조금씩 관찰할 수 있게 되었다. 이해할 수 없기에 쳐다보기도 싫던 사람도 호기심이란 키워드로 바라봤다. 조금 더 길게 바라보니 저 사람이 일으킨 사건은 여전히 밉지만 저 사람은 덜 미워지게 됐다.

하고픈 일을 찾아 나도 매진해 보니 자연히 다른 사람의 수고도 눈에 들어왔다. 눈에 보이는 창작물이든 아니든, 내가 하지 못하거나 하기 싫은 일을 대신 해주는 타인의 노고가 보였다. 처음으로 나와 직접적인 연관은 없을 사람에게까지 감사하는 마음이 들었다.

있는 그대로 바라보고 내가 아닌 타인의 노력에 감사하게 되자, 처음으로 '이너피스스러운' 편안함이 느껴졌다. 결국 쓰는 시간은 의무적인 인간관계와 처리해야 하는 수많은 과정에 시달려 변두리로 내몰린 나를, 다시 내 삶의 주인공으로 데려와 주었다.

제임스 마샤가 주장한 사춘기 타입1 (정체감 위기를 겪었
으나 자신의 힘으로 이를 이겨낸 타입)에는 닿을 수 있을지
모르겠다. 왜 사는지, 앞으로는 무엇을 해야 할지 정답을
아는 사람이 있을까. 다만 느끼기에 타입 1에 가까워졌기
에 늦은 사춘기 전의 나보다는 나아졌다고 여길 뿐이다.

당신은 저 사춘기 타입 중 어디쯤인 것 같나요?

사우나 카르텔 입성기

연휴를 맞아 고향에 왔다. 우리 가족에게는 오랜 전통이 있다. 요즘 여러 이유로 공중목욕탕에 잘 가지 않지만, 명절을 앞두고는 꼭 목욕탕에 가야 했다. 매일 샤워를 하는 요즘 굳이 때를 밀 필요가 없다는 사실도 알고, 공중목욕탕의 위생이 그리 청결하지 않으리라는 생각도 들지만, 오랜 습관 때문인지 명절을 앞두면 어쩐지 목욕탕에 가야 할 것 같다.

집 떠나 타지 생활을 하는 동안에는 혼자 목욕탕에 갈 엄두가 나지 않았다. 늘 엄마와 함께 왔던 목욕탕에 혼자 덜렁 들어가, 아줌마와 할머니들 틈바구니에 자리 잡기가 영 자신 없었다고 할까. 친하다고 말할 친구와도 알몸을 내어 보이며 때까지 벗겨야 하는 진짜 발가벗은 그 세계까지는 함께 갈 엄두가 나지 않았다.

세상 어디까지도 가는 딸이 서울살이하는 동안 목욕탕에는 잘 가지 않았다고 말하니, 엄마는 놀란 눈치다. '목욕탕은 엄마랑 오고 싶었다'고 한 마디를 넉살 섞어 건네니, 내일 당장 목욕탕부터 가자는 말이 돌아왔다. 집 떠나 저 혼자 잘 사는 척하는 딸이지만, 엄마는 아직 부모만이 딸에게 열어줄 수 있는 영역이 있음에 흡족한 눈치였다.

한동안은 고향에 오면 유명하다는 온천에 가족끼리 함께 가곤 했다. 온천까지 가는 길에 나름의 드라이브가 가능하기도 했고, 늘 가던 동네 목욕탕과 달리 넓고 다양한 시설이 있어 좋았다. 이번에는 굳이 그 온천까지 가지도 말고, 그냥 집 앞 목욕탕을 가기로 했다. 엄마가 그간 여러 목욕탕을 다녀 본 결과, 이 사우나의 물이 가장 괜찮다고 했다. 물론 과학적 근거는 없다. 그저 '몸이 매끄러운 것 같다'는 경험적 결론이나, 잘 모르는 분야이므로 그냥 생활의 지혜를 따르기로 했다.

목욕탕 시설은 옛 기억 그대로였다. 온탕에 몸을 담그고 엄마와 잠깐 이야기를 하는 중에, 어린이집을 다닐 법한 아이 하나와 할머니로 보이는 아줌마가 옆으로 들어와 앉았다. 자연스레 대화의 주제가 언젠가 올지도 모르는 가정의 영역으로 흘렀다.

"나중에 내 애기도 엄마가 봐줄 거야?"
"절대로. 맡길 생각도 하지 마라."
그때, 마치 원래 우리와 함께 이야기 중이었던 것처럼 아이 할머니가 치고 들어왔다.

"아이고 말도 마이소. 절대 안됩니데이. 절대로 맡아주지 마이소."
아들 내외가 맞벌이 중인데 상경한 아들이 서울에서 내려와 아이를 맡겨두고 갔다고 한다. 요즘 어렵지 않게 접할 수 있는 가정의 모습이다. 예전 같았으면 관심도 없던 분야지만, 이제는 그저 남 일 같지만은 않아 아이 할머니와 한참 동안 이야기를 나눴다. 다행히 무척 순하다는 아이는 수시로 온탕 밖을 드나들며 어른들의 대화 시간을 벌어주었다.

온탕 반신욕을 마치고 이번에는 사우나로 향했다. 엄마는 요즘 습식 사우나에 빠졌다고 했다. 참을성 없는 내가 자꾸만 사우나 밖으로 뛰쳐나가려 하자 엄마가 그간 발견한 노하우를 알려줬다. 찬물을 한 바가지 떠와 옆에 두고 틈틈이 끼얹으면 더 오래 버틸 수 있댔다. 작은 바가지 가득 찬물을 떠와 조금씩 아껴가며 얼굴과 상체에 흩뿌리니, 과연 그 말대로 좀 더 버틸 수 있긴 했다.

사우나는 젊은이가 혼자서 목욕탕에 온다면 더욱 적응하기 어려운 영역일지도 모르겠다. 대부분의 목욕탕에는 '고인물 아주머니'가 자리 잡고 있으며 그들은 특히 사우나에서 더 그 존재감을 발휘한다. 그들은 적절한 온도의 방에서 냉커피와 과일을 함께 섭취하며 오래간 이야기를 나누는데. 각자의 자리가 정해져 있는지, 낯선 이가 그 자리에 방석을 펼친다면 불호령을 내리기도 한다. 그 세계의 규칙을 모르고 자리를 폈다가 괜히 한 소리를 들은 뒤, 내게 그 사우나 카르텔은 그리 친근한 이미지가 못 됐다.

엄마와 내가 사우나를 오래 할 수 있는 방법에 대해 토론하고 있으니, 만반의 장비를 갖춘 채 구석에서 찜질하던 한 아줌마가 또 자연스레 말을 걸어왔다. 자신은 이 사우나에 10년도 넘게 연간회원권을 끊어 다니는 중인 진짜배기 회원이므로 자신의 말을 믿어도 되며, 사우나는 '기세'가 중요하다고 했다. 조금 앉아있다가 씻고 한참 뒤에 또 들어오지 말고 한 번 할 때 쭉- 스트레이트로 찜질을 하는 버릇을 들여야 오래 버틸 수 있다고, 나름의 노하우를 전수해 줬다. 옆에 있는 아줌마도 맞장구를 치며 대화에 끼었다. 각종 방수 방석과 헤어밴드로 단단히 무장해서 내가 무서워하던 사우나 카르텔 아줌마 같았는데. 막상 대화를 나눠보니 엄마 같기도, 이모 같기도, 옆집 아줌마 같기도 했다.

사우나 카르텔 아줌마들과 이야기를 나누다 이런 생각이 들었다. 자식밖에 모르던 우리네 아줌마들. 자식이 모두 둥지를 떠난 뒤, 그 허전함을 사우나 친목과 토크로 메우는 게 아닐까. 별다른 취미거리도 없이 평생을 가족에 헌신하던 아줌마들의 뒤늦은 취미라고 이해하니. 이 사우나 카르텔도 약간은 이해가 되기 시작했다. 어쩌면 이런 달목욕권 혹은 연 목욕권이 아줌마들의 데일리 루틴에서 꽤 의미 있는 한 축을 담당하겠다고 생각하니 약간은 마음이

찡해왔다. 사우나 카르텔을 형성하고, 낯선 이에게 무서운 눈초리를 뿌리던 아줌마 역시, 사실은 제 친구의 영역을 지켜주려 하는 중이었을지도. 내가 먼저 살짝 말을 걸어봤다면 그저 평범한 우리네 엄마였을지도 모르겠다.

　세상 어디까지도 가면서 혼자 목욕탕 가기는 무섭던 3N살. 어쩐지 이번 목욕탕 방문에서는 아줌마들의 대화 소재가 귀에 들어오기 시작했다. 그저 무섭던 사우나 카르텔 아줌마도 이해할 수 있게 되었다. 그들 역시 소중한 일상 루틴을 사수하려 노력하는 중이었다니. 이제는 사우나 카르텔을 만난다면 살가운 얼굴로 말을 건넬 수 있을 것 같다. 이제는 서울에서도 나 홀로 목욕탕에 당당히 입성할 수 있을지도 모르겠다.

당신은 공중목욕탕에 가나요?

가을을 역으로 타는 사람의 이야기

누군가는 가을이 되면 어쩐지 쓸쓸하고 외롭다지만, 나는 의외로 봄보다 가을이 되면 의지가 샘솟는다. 9월이 지나 10월이 되면, 올해도 이렇게 아무것도 변한 것 없이 한 해가 끝날 것 같아서, 뭔가를 열심히 하고 싶어진다.

늘 비슷하다고 대답하지만 조금씩 흰 머리가 늘어가는 부모님을 만나 뵐 때, 아빠 어디가의 민국이와 윤후가 껑충 커 버린 모습을 우연히 인터넷에서 봤을 때. 시간이 내 바람보다 빠르게 흐른다는 느낌이 들어 조급해진다. 시작은 거창하고 끝마무리는 빈약한 내 성격을 알기에, 요 몇 년 나는 한 해를 마무리하는 절차를 구성했다.

좋아서 한다고 말하는 글쓰기라도 책상에 앉기란 즐겁지

가 앉아 '연말에 마감되는 글쓰기 모임'을 하고 있다. 올해는 각자 쓰고 싶은 글을 매주 한 편씩 써서 공유하고 돌려 읽은 뒤 문집도 제작해 보기로 했다.

매주 온라인에 남겨진 글을 통해 타인의 삶을 상상해 보고, 한 달에 한 번은 오프라인에서 모여 상상하던 인물과 대화를 나눴다. 전혀 다른 삶의 반경에서 접점이 없던 사람들과 1년 동안 글 혹은 대화를 통해 만나며, 여러 개의 삶을 체험판으로나마 살아본 느낌이 들었다. 매일 비슷한 사람과 소통하고 비슷한 하루를 살아내는 와중에 읽어낸 여섯 개의 다른 직업은 내 관용의 폭을 넓혀 주었다. 같은 시간을 살아내는 동안에 누구는 웹툰 작가에 도전했으며, 누구는 사진 기능사가 되었다. 누구는 요리 동아리를 시작하게 되었고, 누구는 직장인 연극 무대에 올랐다. 나는 일 년간 별로 달라진 게 없는 것 같았지만. 내가 다른 회원을 바라보듯, 기록으로 남겨진 이 시간 동안 내게도 변화 혹은 작은 성장이 있었을지도 모른다.

가을이 오면 일 년간 한 번도 만나지 못한 지인들과의 만남도 서두르고 싶다. 해가 바뀌기 전에 한 번은 만나고 싶어져 분주히 약속을 잡게 된다.

　'다음에 밥 한번 먹자'라는 연락을 올 초부터 주고받던 친구와도 10월이 되어서야 만났다. 같은 마음이지만 다른 현생 범위에 속한 친구들과의 만남은 역시 즐겁다. 그들과의 목적 없고 실없는 커피타임은 갓 볶아낸 잡채 위에 흩뿌려진 통깨처럼, 삶에서 빠질 수가 없는 존재다. 그 대화는 깨알처럼 별로 배를 불려주진 않지만 언제나 고소하고 즐거우니까.

　추석이 지나고 날씨가 급격히 쌀쌀해졌다. 까슬한 여름 이불조차 짜증이 나던 나날이 지나고. 자연히 솜이불을 찾게 되는 아침이 찾아왔다. 맹렬하던 여름이 입추 매직 이후에 한풀 꺾이고 처서 매직 이후 거의 소강하는 것처럼. 나의 절기도 자연히 흘러간다. 난방을 튼다고 다시 여름이 찾아오지는 않는 것처럼, 나 역시 이 가을을 거스를 수는 없다는 느낌이 드는 요즘이다. 다만 나의 겨울을 위해 덜 추운 오늘, 분주히 이날을 마무리할 뿐이다.

　계획대로 결코 살지 않지만, D-day가 걸려있다면 해내려 노력하는 내 습성을 드디어 파악하게 됐다. 스스로 12월 31일에 1년이라는 디데이를 걸어놓는다. 한 해의 마감 일자가 다가오기 전에 급하게나마 올해 해 보고 싶던 일을 마무리하려 한다.

그리곤 1월 1일 새벽에는 동해안으로 향한다. 신년 일출 따위를 내 눈으로 본다고 하여 더 나은 1년을 살게 되는 건 아니지만. 작년과 올해를 구분 짓는 나만의 의식을 동해안 어딘가에서 행한다. 같은 각오로 신새벽을 달려온 이들과 눈빛을 공유하며. 또 다음 봄을 잘살아 볼 의지를 전달받게 된다. 아무것도 아니지만 내게는 전부인 것들. 이것도 아무튼 사춘기가 지나가며 알게 되는 것들이 아닐까.

당신은 찬 바람이 불면 어떤 감정이 드나요?

겨울

각자 덜 좋아하는 만두를 먹는 일

요 며칠 감기를 호되게 앓았다. 괜찮겠지 싶어 꿀물 한 잔 타 먹고 잠든 다음 날 아침. 간만에 아프다 소리도 못하게 아프기 시작했다. 코안이 부었는지 숨쉬기 힘들었고 그렇다고 입으로 숨을 쉬자니 입이 바짝 말랐다.

이건 만만한 감기가 아니다 싶어, 집 근처 이비인후과로 터벅터벅 향했다. 후기가 좋던 그 병원은 들던 대로 의사 선생님이 몹시 친절했다. 내 증상을 찬찬히 들어주는 그의 눈빛만으로도 약간은 이 몽롱함이 달아나는 것 같았다. 의사 선생님도 직업인의 기준으로 본다면, 매일 같은 책상에 앉아 비슷한 류의 아픔을 보는 중일 텐데. 오랜만에 만난 '그럼에도 친절함을 잃지 않은' 원장님의 존재가 신비로웠다. 개인 병원 진료실이지만 어딘가 종교 시설의 작은 방

안처럼 몸과 마음이 치유되는 것 같은 기분을 느끼며, 3일 치 약을 들고 집으로 돌아왔다. 다음에도 혹시 감기에 걸리게 된다면 꼭 그의 병원에 오겠다는 다짐을 하며.

다행히 쉬는 날이라, 이 아픈 날 몸을 푸-욱 놀릴 수가 있었다. 약봉지를 찢어 약부터 얼른 털어 넣어 본다. 이번에 느낀 점이지만, 현대 의학은 참으로 놀랍다. 약을 삼키고 몇 분 지나지 않아 열이 떨어지는 게 느껴졌고 찢어질 것 같던 목구멍도 덜 아파졌다. 약으로 이미 치유된 것일지, 네 알의 알약 가운데 하나일 진통제의 효능일지는 모르겠지만. 참으로 '약발'이 대단하다. 그래도 아픈 오늘은 빈둥거릴 특권이 있기에. 유튜브 쇼츠를 쉴 새 없이 넘기며 무한한 오후를 흘려보냈다. 무작위로 띄워진 영상을 흐린 의지로 넘기다 보니 잠이 오길래 내키는 대로 잠도 자버렸다.

그럼에도 밤이 되니 배는 고파왔다. 아프다고 주장하는 내 집으로 퇴근 한 남자친구와 외식을 하기로 했다. 이렇게 목구멍이 답답한 날에는 국물 요리가 먹고 싶다. 등촌 샤브칼국수가 가장 먼저 떠 올랐으나. 이내 딱 한 번 가본 집 근처의 만두전골이 머릿속 왕좌를 빼앗았다. 뜨끈하지만 가볍고 아주 약간만 칼칼한 맛이 오늘같이 열이 오르락 내리락하는 날 딱 적당할 것 같다. 강렬한 고춧가루 베이스인 등촌 샤브 칼국수보다는 맑은 국물의 만두전골이 더 건강한 느낌이랄까(?) 사실 이 모든 공상은 그냥, 만두전골을 먹기 위한 합리화 과정의 일부일지도 모르겠다.

그래서 집에서 5분 거리에 있는 만두전골 가게에 갔다. 오늘도 저녁 식사 시간엔 호떡집 아니 만두전골 집에 불이 났다. 주차할 자리가 없어 골목을 크게 세 바퀴를 돌고 나서야 겨우 차를 댔는데, 스무 개도 넘는 테이블은 거의 만석이었다. 그 틈바구니에 우리도 자리를 잡았다. 물과 컵을 가져다주며 종업원이 '전골 2개죠?'를 물어왔다. 고민할 게 없어 더 좋다. 주문한 지 3분이나 지났을까, 커다란 전골냄비가 나왔고 한번 훅- 끓으면 불을 낮추고 바로 먹으라고 했다.

각자의 하루를 보내고 온 수많은 얼굴이 둘 혹은 셋 혹은 넷씩 테이블에 둘러앉아 전골이 끓기를 기다리고 있었다. 기다리는 쪽은 말이 많았고 이미 먹는 쪽은 말이 없었다. 어차피 목이 아파 말을 많이 할 수 없던 나는, 빨리 이 커다란 냄비가 끓기를 바랐다. 저 주먹만 한 만두를 한 알 떠 먹어보고 싶어, 가스레인지의 불을 점화 방향으로 최대한 돌렸다. 이내 육수가 끓었고 드디어 먹어도 되는 때 즈음이 됐다.

　만두는 고기와 김치 두 가지 종류가 있는데, 대부분이 하는 대로 반반으로 주문했다. 먼저 간이 덜 강할 고기만두를 앞접시에 덜었다. 많이 씹을 것도 없이 훌훌 넘어가는 것이 죽만큼이나 편안하게 들어간다. 오늘 메뉴 선택이 훌륭했다. 다음으로는 김치만두를 떴다. 본래 다른 만두라면 고기만두보단 김치만두를 선호해온 나지만, 이 집은 고기만두가 더 내 입맛에 맞다. 한 알 한 알 고기와 김치만두를 번갈아 가며 먹었더니, 마지막으로 냄비에는 고기와 김치가 한 알씩 남았다. 남자친구는 김치만두를 내 앞접시에 떠 주었고, 나는 그도 이 집 고기만두가 입맛에 맞는구나 싶어 잠자코 김치만두를 먹었다. 그렇게 너덜거리는 목구멍 안을 달래주는 듯한 식사를 마치고 집으로 향했다. 약기운 때문일지, 든든한 국물 때문일지 조금은 말할 힘이 생겼다.

"자기는 저 집 김치만두랑 고기만두 중에서 뭐가 더 맛있어?"

"나는 김치만두."

"응? 근데 왜 나 아까 마지막에 김치 준 거야?"

"김치가 더 맛있잖아."

"나는 저 집은 고기만두가 더 맛있던데?"

"그래? 너 평소에 김치만두 더 좋아하길래."

상대가 더 맛있는 것을 먹게 해주리라는 배려로, 각자 덜 좋아하는 만두를 묵묵히 먹는 일. 어쩌면 이게 사랑일까? 이 재미없는 남자와의 연애 가운데, 종종 이렇게 조용한 깨달음을 얻고 한다. 자기 입에 맛있는 것을 내 앞접시에 덜어주는, 늘 생선을 바르면 내 밥 위에 먼저 올려주는 이유머 없는 남자의 묵묵한 사랑법에 만두전골보다도 더 속이 따스워지는 것 같았다.

당신은 어떤 때 사랑한다고 느끼나요?

열 손가락 ± 한두 개

언젠가 죽을 것이라는 사실을 떠올리는 것은 '의미 있게 살아야 한다'는 사실을 기억하는 훌륭한 방법이다. (중략)

그는 약간 다른 인생 시계를 가지고 있는데, 앞으로 자신에게 남은 날들을 5년 단위로 묶어서 설정해 놓았다. 스튜어트는 그 이유에 대해 이렇게 말했다. "우리가 실천할 가치가 있는 중요한 아이디어의 수명은, 그러니까 처음 아이디어를 떠올리고, 그것에 대해 완전히 그만 생각하게 되기까지 걸리는 시간이 '5년'이다. 그래서 5년 단위로 프로젝트를 계획해야 효과적이다. 그것을 완성하든, 포기하든 간에 우리의 마음을 사로잡은 어떤 일이 완전히 사라지기까지는 5년이 걸리니까. 5년씩 끊어서 인생을 생각해 보라. 제아무리

젊은 사람이라도 손가락으로 몇 번만 세면 앞으로 살
날이 싹 없어져 버린다."

(타이탄의 도구들, 팀 페리스, 토네이도, 2022)

어느 날 책에서 남은 삶을 독특한 방법으로 꾸리는 방법에 대해 읽었다. 흔히 우리는 그 나이대에 해야 할 일을 여실히 따르며 산다. 그 틀을 곧이곧대로 따르기가 죽기보다 싫은 나는, 나름의 자구책으로 그간 버킷리스트를 썼다. 하고 싶은 건 많았지만 아직 살날이 60년쯤 남았다고 생각하니 안도감이 들었다.

책에서 시키는 대로 남은 삶을 5개년씩 쪼개어봤다. 딱 열두 토막 뒤에 삶이 끝났다. 책에선 무언가를 계획하고 완수해 내는데 5년 정도 걸린다는데. 그렇다면 내가 매듭 지을 수 있는 프로젝트는 이제 12개 정도밖에 남지 않은 셈이다. 프로젝트의 규모에 따라, 남은 날의 건강 상태에 따라. 심지어 더 적은 일만을 해낼 수 있을지도 모른다.

이틀 전, 독서 모임 사람들과도 '5년 주기 내 인생 계획'을 주제로 이야기를 나눴다. 전에는 주로 책 내용에 관해서만

이야기를 나눴지만, 이번 달 발제를 맡은 내가 용기를 내 다른 회원들의 삶 속으로 한 발 선을 넘은 것이다. 10분 정도 대화를 멈추고 각자가 나름 진지한 삶의 백년지대계를 세웠다. 그리곤 한 명씩 자신의 5년 단위 계획을 설명했다.

우리 독서 모임 회원들은 나이도, 직업도 모두 다르지만 두 가지 공통점이 있었다.

첫째, 신기하게도 대부분 60세부터 각자 죽기를 희망하는 나이까지의 계획이 흐릿했다. 아무래도 지금으로부터 30년도 넘은 먼 미래까지 떠올려 볼 여유까지는 없었기 때문이 아닐까. 하지만 30~60세의 30년만큼이나 60~90세의 30년도 긴 세월이라며. 이제는 그 시간을 채울 방법도 생각해 보기로 했다.

둘째, 그럼에도 모두가 삶에 진심이었다. 30~35세 사이에는 자식을, 60~65세에는 손주를 보고 싶다던 H씨. 하지만 아직 세상에 없는 내 아이의 의견도 들어봐야 하기에 본인의 인생 계획에는 손주를 쓰지 않겠다고 했다. 인생에 계획대로 되는 일은 없다지만, 사랑스러운 그녀라면 그녀만큼 사랑스러운 자녀와 손주를 만날 수 있을 것 같았다. 상담심리 박사과정을 마친 뒤 자신만의 방식으로 운영하는 센터를 차릴 계획이라는 G씨. 상담센터 운영 계획으로 삶의 모든 토막이 꽉 찬 가운데, 5년마다 한 대륙씩 여행하겠다는 계획이 몹시 알차 듣는 내내 흐뭇한 웃음이 났다. 어쩐지 그녀라면 일과 여행을 모두 잡을 수 있을 것 같아서.

  나는 이미 '죽기 전에 해 보고 싶은 일 100가지'에 대한 버킷리스트를 써 본 적이 있지만, 이번엔 일회성으로 도전할 수 있는 활동을 제외하고 그 시기에 몰두하고 싶은 프로젝트를 위주로 삶의 토막을 구분해 보았다. 모임이 끝나고 난 뒤 예전에 썼던 버킷리스트와 이번에 쓴 5년 계획을 비교해 보니 약간의 차이점이 눈에 띄었다.

  나를 위해 하고픈 일로만 빼곡하던 버킷리스트와 달리, 5년 단위 계획에는 타인을 위한 일이 최초로 들어서 있었다. 나 역시 내 부모가 그랬던 것처럼 내 아이를 위해 오롯이 에너지를 할애하고 싶은 시기가 생겼고, 먼 훗날에는 봉사활동을 해보고 싶다는 마음도 쓰여있었다. 그럼에도 봉사활동을 하고 싶은 장소는 '가능하면 외국'이었다. 여행에 미친 나는 아마 삶이 끝나는 날까지 그렇게 살고 싶나 보다. (역시 사람은 쉽게 변치 않는다.)

언젠가 죽을 것이라는 사실을 떠올리는 것은 그러니까 의미 있게 살아야 한다를 기억하는 훌륭한 방법이랬다. 남은 인생을 5년 혹은 10년 단위로 나눠본다면, 얼마나 삶이 유한한지가 덜컥 와닿는다. 어떠한 일을 계획하고 완수하기까지는 평균 5년이 소요된다고 한다. 당신도 남은 삶을 5년 단위로 나누고, 그 단위마다 하고 싶은 일을 한 번 떠올려 보는 건 어떨까?

당신의 삶을 5년 주기로 나누어 그려 본다면?

고장 난 세차기

나를 키우고 보살피는 동안 굴곡이 많았던 부모님의 삶에도 드디어 조금은 안정이 찾아온 것 같다. 그들의 마음속까지 확실히 확인할 순 없으니 '그런 것 같다'고 대략 추측하여 본다.

두 분의 안정과는 달리 사춘기가 없는 '착한 딸'이었던 나는, 뒤늦은 사춘기를 겪었다. 나이가 들어감에 따라 자연히 주어지는 사회적 역할과는 반대로 내면이 혼란해졌다.

그럼에도 그 과정에서 생업을 포기하지 않아 먹고살 수단이 생겼음에 감사한다. 나를 스스로 책임질 수 있게 된 후로 달라진 점이 많았다. 직업을 가진다는 것은 스스로를 벌어먹이지 않아도 되는 학생 때와는 또 다른 무게감이 생겼다. 아직은 1인 가구로서 나만 책임지면 되기에. 뒤늦은 난리를 겪는 동안에도 내 주변의 세상이 크게 달라지지는 않아 참으로 다행이라 생각한다.

요즘 이런 스스로가 '길었던 자동 세차 터널을 갓 벗어난 촉촉한 자동차' 같다고 느낀다. 아직 차에 물기가 조금 남아 있기는 하지만, 그 정도는 달리면 곧 날아갈 정도의 양이라 그리 부담스럽지는 않다. 아직 바로 달리기 위해서는 사이드미러 물기를 닦는 정도는 더 노력해야 할 것 같지만, 그간 세찬 세차 터널을 지나왔기에 나름 먼지는 좀 털린 것 같다.

숨죽여 울던 날엔 내가 고장 난 세차기에 갇힌 것 같다고 느끼기도 했다. 고장 난 자동 세차기에서 멈추지 않고 뿜어 나오는 물은 세차기 안을 채우고 갇힌 차의 빈 공간을 채웠다. 마침내 그 물은 내 얼굴의 빈칸도 채우기 시작했다. 얼굴의 빈 공간에 칸칸이 물이 차오르면, 그 물과 눈물 콧물에 잠식당한 나는 숨을 들이킬 수 없는 상태가 됐다. 좀처럼 열리지 않는 차 문을 수없이 당겨도 나는 빠져나갈 수 없었고, 결국 세차기가 물 뿜기를 멈춰서 이 절망이 지나기길 바랐다.

그런 줄로만 알았건만. 사실 세차기는 고장 나지 않았으며 나를 잠기게 한 건 바깥세상의 물이 아닌 내 눈물 콧물이었다. 실컷 눈물과 콧물을 풀어내는 동안, 결국 나는 조금 더 깨끗한 상태가 됐다.

이 시기를 '고장난 세차기 시기'라고 명명할 수 있음에. 나를 잠기게 한 건 결국 외부의 물이 아닌 내 안의 물이었음을 깨닫게 됨에. 이제는 감사한다. 뉴스를 떠들썩하게 하는 특급 태풍이 올해도 지나가고, 동시에 나의 늦은 사춘기도 지나가고 있었다.

잠기었을 땐 이 모든 삶이 절망적으로만 느껴지기도 했지만, 물이 빠지고 나니 사이드미러를 걸레로 털어내는 정도의 과업은 그리 막막하지 않게 느껴진다. 올여름이 가도, 내년 여름은 또 온다. 내년 여름에 또 슈퍼 태풍이 올 수도 있겠지만. 그저 내 앞의 방파제를 단단히 쌓는, 할 수 있는 정도의 대비를 하며 오늘을 살아갈 뿐이다. 조금씩 더해진 경험의 바위가, 조금씩 부어간 성장의 콘크리트가. 그 방파제를 조금 더 튼튼하게 이어주길 바랄 뿐이다.

당신은 요즈음의 상황에 만족하나요?

불량 통조림의 다이어트기

　최근에 첫 템플스테이를 다녀왔다. 순천 조계산에 위치한 선암사로 1박 2일간 말이다. 늘 로망으로만 품고 있던 템플스테이. 첫 목적지로 그리도 먼 선암사로 향한 건, 정호승 시인의 시 '선암사' 때문이었다.

　선암사
　눈물이 나면 기차를 타고 선암사로 가라.
　선암사 해우소로 가서 실컷 울어라.
　해우소에 쭈그리고 앉아 울고 있으면
　죽은 소나무 뿌리가 기어다니고
　목어가 푸른 하늘을 날아다닌다.
　풀잎들이 손수건을 꺼내 눈물을 닦아 주고
　새들이 가슴속으로 날아와 종을 울린다.

눈물이 나면 걸어서라도 선암사로 가라.

선암사 해우소 앞

등 굽은 소나무에 기대어 통곡하라.

(정호승, 눈물이 나면 기차를 타라, 창작과비평사, 1999년)

　나는 요즘 드디어 눈물이 나지도, 통곡을 쏟아내야 할 만큼 힘들지도 않게 되었지만. 언젠가 한 번은 선암사에 가 보고 싶었다. 기왕 가게 되었으니 템플스테이까지 해 보고 돌아오자, 뭐 이 정도의 각오였다.

　산사의 예불은 새벽 3시 반에 시작되었다. 아침 예불에 참석해 보고 싶었던 군손님은 3시 20분쯤에야 간신히 눈을 비비며 일어나 고무신을 터덜터덜 끌고 대웅전으로 향했다. 질끈 머리를 동여매고 온 대부분의 참여자와는 달리, 스님들은 장삼은 물론 가사까지 단단히 둘러맨 차림새였다.

　후에 차담을 나누며 들어보니, 사실 이미 그때는 스님의 하루가 시작된 지 1시간 반도 넘은 때라고 했다. 산사에 사는 스님의 하루는 2시에 시작된다고.

'2시는 너무 한밤중이 아닌가, 조금은 바깥세상에서 일컫는 '새벽'에 가깝게 하루를 시작해도 되지 않는가?'

'스님은 정말 하루도 빠짐없이 이 시간에 일어나 새벽 타종과 예불을 진행하실까?'

홀로 공상에 빠져 있으니, 그걸 네가 궁금해할 줄 알았다는 듯이 스님의 답변이 돌아왔다.

"바깥세상이 알아주든 말든 그건 전혀 중요하지 않습니다. 우리는 수행자니까 당연히 해야 하지요. 예불을 거른다는 건 있을 수 없는 일이에요. 그건 스님 본인이 부끄러워서 아마 참지 못할 겁니다."

순천 시내에서 한 시간을 달려서, 주차장에서도 30분은 산길을 따라 걸어야 닿는 조계산 기슭의 작은 세계. 바깥세상의 명암과 달리 그 세계에서는 그 공간의 규칙에 따라 하루가 흘러갔다. 바깥 세계에서 삼시세끼를 당연하게 챙겨 먹는 것처럼, 그 세계에서는 당연하게도 하루 세 번의 예불이 진행되었다.

목어를 두드려 반대편 산골짜기까지 경배하는 마음을 전

하고, 수십 번이나 큰 종을 쳐 아랫마을까지 존경하는 마음을 전하는 일. 삼시세끼 공양(식사)만큼이나 자연스러운 산사의 루틴 중 하나였다. 어제도 보고 오늘 아침에도 본 그 부처님 앞에서 또 두 눈을 질끈 감고 간절히 무언가를 기도하는 일이란. 스님이 그토록 닿고 싶은 어떠한 세계를 위한 끝없는 자기 성찰 과정 중 하나가 아닐까.

  그렇게 스님은 1년 365일을 산다고 했다. 월-금을 일하고 주말 이틀은 쉬는, 1년에 며칠이나마 휴가가 존재하는 바깥 세계 사람과는 달리. 365일 가운데 다르게 생활하는 날은 없다고 했다. 예불이 끝나면 각자 수행을 하거나 절에서 맡은 업무를 보다가 공양을 하고 또 다음 예불을 준비한다고 했다. '왜 해야 하지, 다음에 무엇을 해야 하지' 따위의 질문은 생각보다 촘촘한 스님의 삶 속에 피어날 여가 없어 보였다.

  요즘 흔히 말하는 루틴화 된 생활의 끝판왕을 보고 다시 기차를 타고 나의 세계로 돌아왔다. 성실함 따위는 너무나 고리타분한 가치로 여겨지는 요즘이지만. 결국 특별한 재능이 없는 사람이 바라는 바에 닿기 위해 할 수 있는 건 정성스럽고 참된 실천뿐이 아닐까, 반성이 되었다.

참치보다 카놀라유가 더 많이 든 불량 참치캔 같은 내 삶을 추려내고 싶어졌다. 채에 기름을 거르고 살코기만 얻어내듯, 삶에서도 군더더기를 좀 덜어내고 싶어졌다. 나를 행복하고 흡족하게 만드는 몇 가지 행동이 남았다.

– 내 방은 정신세계의 표출이라는데, 붙잡을 수 없는 정신세계를 유지하기 위해 붙잡을 수 있는 방이라도 깨끗이 정리하려 부단히 노력하기.
– 내 몸은 내가 먹은 걸로 구성되는데, 대단치 않아도 건강한 재료로 저녁을 차려 먹으며 건강한 신체를 쌓기 위해 노력하기.
– 기쁜 일보다는 힘겨운 일이 많은 현생이기에 점점 웃음을 잃어가는데, 그래도 가능하면 웃으려 노력하기.
– 24시간 중 10시간을 컴퓨터 앞에 앉아 있는 인간답게 목과 허리가 점점 굳어가는 듯. 하루 20분이라도 운동을 하며 그 커브를 반대로 꺾어주기.
– 커피가 몸에 좋진 않다지만, 정신건강과 현생의 균형을 위해 하루 딱 2잔만 커피를 마시기.
– 어찌 되었든 하루를 따듯한 샤워로 마치며 이런저런 쓸데

없는 생각을 하기.

  등등을 적당한 순서로 조합하니 놓치고 싶지 않은 나만의 하루 루틴이 생겼다. 매일 이 루틴을 모두 해낼 수는 없을지도 모른다. 그럼에도 0/6보다는 3/6이 의미 있기에. 나는 이 놓치고 싶지 않은 루틴을 닿고 싶은 삶에 다가가게 해주는 첫 단추라 여긴다.

  산사와는 먼 오염된 도시 한 구석에 살아가지만, 도심 수행자로서 당연히 해야 하는 일에 토 달지 않기. 단출하고 군더더기 없는 삶이 주는 안정감을 맛본 뒤, 나는 이 흐름에 중독되었다.

  각자마다 걸러진 채에 남겨진 핵심은 다를 것이다. 하지만 그 핵심을 반복하는 일은 분명히 각자의 삶을 단단하게 쌓아준다. 이것은 나의 방구석 철학이 아니다. 천오백 년을 이어온 선암사 스님들의 진리이니 내 외침보다는 더 신빙성이 있지 않을까? 오늘 하루를, 지난 일주일을 되돌아보며 삶의 군더더기를 추려내는 작업을 한 번쯤 해 보길 권하고 싶다. 그런 다음 나를 충만케 하는 작은 성취를 반

복한다면, 도심 속 삶 수행자인 우리도 반드시 바라는 바
에 닿을 수 있을 거라 믿는다.

**당신은 단단한 삶을 위해 놓치고 싶지 않은 루틴이
있나요?**

스님이 불러준 찬송가

공용 욕실을 써야 하는 건 물론이요, 늦게 씻으면 차가운 물만이 나오는 선암사 템플스테이. 그런데도 이곳에서의 1박 2일이 예상보다 더 편안하게 느껴진 이유에 대해 고찰해 보려 한다.

우선 입소와 동시에 법복으로 갈아입은 뒤, 패션에 대해 일체 고민하지 않아서 좋았다. 가꾸는 데에 재주가 부족해 나를 그럴싸하게 꾸미는 모든 과정이 만만찮은 과업처럼 느껴지는 나. 여름이면 모시 법복을, 겨울이면 누비 법복만을 걸치면 되는 이 안의 삶이 무척 가뿐하게 와닿았다. 더 중요한 수행에 집중하기 위해, 덜 중요한 것들을 포기하기. 이를 위해 체험객은 법복을 입고 생활하는 정도였지만 진짜 스님은 머리를 민다.

그러면 현생에서 너도 법복을 입고 다니면 되는 것 아니냐고? 그 방향도 아주 살짝 고민해 봤지만, 당분간은 아무래도 쉽지 않을 것 같다. 어제와 같은 옷만 입고 출근해도 뒷말이 나오는 현대 사회생활에서, 대쪽 같은 신념 하나로 나만의 무채색 옷차림을 지속하기엔 아직 각오가 부족하다. 매일 검정 터틀넥 티셔츠, 청바지, 운동화만을 걸치고도 본인만의 아이덴티티를 구축한 스티브 잡스 정도는 되어야, 이 차림새 역시 하나의 캐릭터로 인정받을 수 있지 않을까 싶다. 사실 이건 다 핑계일 뿐이고, 아직까지는 남의 시선에서 완전히 자유롭지 못할 뿐 아니라 조금씩 패션에 변화를 주며 기분을 띄우고 싶은 날도 있기 때문이다.

또 매일 심각하게 고민하지 않아도 건강하고 맛있는 밥이 차려지는 점도 좋았다. 사실 나만을 위한 건강하고 맛있는 한상차림이 매일 자동으로 차려지는 건 당분간 (어쩌면 영원히) 기대하기 어려운 부분이다. 나를 벌어먹여 살리는 건 (비유적이든 진짜 밥 먹이는 행위든) 현대인의 영원한 숙제니까. 진정한 자유인을 꿈꾼 헨리 데이비드 소로 곁에도 빨래를 대신 해주는 사람은 있었다고 하니…. 아마 나의 이번 생에는 이뤄지기 어렵지 않을까 싶다.

현생에 돌아와 가장 진하게 남은 기억은, 템플스테이 막바지에 모든 참여객과 함께 편백숲을 걸었던 시간이다. 마지막 공양을 마치고 차담을 함께한 스님이 길잡이가 되어 선암사 근처 산길을 걷기 시작했다. 마주친 내내 근엄했던 스님이 갑자기 덥다며, 계곡으로 무리를 이끌었다. 스님이 아이처럼 계곡에 손을 담그고 손수건도 적셔 민머리를 닦는 모습에, '여기도 다 사람 사는 데구나' 하는 생각을 했다.

반환점을 돌 때까지 따로 또 같이 걷다가, 편백 숲의 끝쯤에서 스님의 권유로 데크에 둘러앉게 됐다. 스님이 우리에게 마지막 선물을 주겠다며 갑자기 노래하겠다고 선언했다. 얼마 전 템플스테이를 온 다른 사람에게 배웠다며 반주도 없이 부르기 시작한 노래는 바로 찬송가였다.

> 향기로운 봄철에 감사 외로운 가을날 감사
> 사라진 눈물도 감사 나의 영혼 평안해
> (중략)
> 아픔과 기쁨도 감사 절망 중 위로 감사
> 측량 못 할 은혜 감사 크신 사랑 감사해
> (중략)

길가에 장미꽃 감사 장미꽃 가시도 감사

따스한 따스한 가정 희망 주신 것 감사

기쁨과 슬픔도 감사 하늘 평안을 감사

내일의 희망을 감사 영원토록 감사해

예불에 군손님으로나마 참여해 보며 들었던 불경의 리듬처럼, 꾸밈없는 높낮이로 짚어 나가는 가사가 고막을 넘어 가슴에 꽂혔다. (뚜렷한 종교가 없는 나는 이 찬송가의 제목도 몰랐지만, 어쩐지 가사가 마음에 와닿아 퇴소 후 기억나는 가사 토막으로 검색해 제목을 알아냈다.) 스님이 외우는 불경, 교인이 부르는 찬양은 당연하기에 귀 기울이며 듣지 않았지만. 스님이 두 눈 감고 손 모아 부르는 찬송가는 그 이질적 모양새 때문에 다소 충격적으로 다가왔다.

타 종교의 찬가를 제 종교 터에 들어온 손님들에게 들려준 까닭은 무엇일까. 형태와 분류보다는 본질과 그 안에 담긴 메시지가 중요하다고 생각하기에. 절을 찾은 우리에게 스님은 찬송가를 꿋꿋이 불러준 게 아닐까.

'이 먼 조계산 기슭까지 와서 당신이 템플스테이를 해 볼 수 있음에. 잘 닦여진 편백숲을 편히 거닐며 낯선 자연을 느낄 수 있음에. 이곳을 함께 와 줄 사람이 있음에. 감사하시고 돌아가서 잘 사시오!' 하는 마지막 선물이 아니었을까.

집으로 돌아가는 기차에 담긴 내내, 단 1분 들은 이 노래가 계속 귓가에서 맴돌았다. 그리고는 다짐했다.

그래, 감사 안 하면 어떻게 할 거지?

다시 태어날 거냐고.

어차피 이번 생은 이렇게 태어났는데

가진 것에 감사하며

더 나아지려 노력하며

잘 한번 살아봐야 하지 않겠니?

당신은 길가에 핀 장미꽃에 감사하나요?

아무도 묻지는 않지만

'당신의 삶에서 가장 중요한 가치는 무엇인가요?'

누군가 내게 이런 질문을 해 온다면, 나는 우선은 '자유'라고 대답하고 싶다.

하루를 내 마음대로 구성할 수 있는 자유

하고 싶지 않은 일은 하지 않아도 되는 자유

남에게 아쉬운 소리 하지 않아도 되는 자유

자유, 아무래도 자유가 절실하다. 몇 해 전 어느 책에서 보고 따라 써 본 내 인생의 버킷리스트에도 자유와 관련된 소망들이 가장 많았다.

그래서 지금 자유롭게 살고 있냐고? 갖지 못했기에 갈구하는 것! 사실 아직은 덜 자유로운 일상을 살고 있기에 자유가 그렇게 부럽다. 가끔 주중에 짬이 생겨 낮에 사람 많은 곳에라도 가면 그 모습이 참 낯설다. 이 시간에 회사에 담겨있지 않아도 되는 사람이 이렇게 많다니. 그들의 속사정이 어떠한지는 모르겠으나, 그저 지금은 내 눈에 보이는 그들의 시간적 자유가 부러울 따름이다.

이렇듯 아직 '일상을 온전히 내 의지로 굴리는 자유'에는 도달하지 못한 나지만. 하나 내 마음대로 자유롭게 굴려볼 수 있는 분야를 찾았다. 바로 마음의 자유 말이다. 요즘은 우선 남들이 말하는 '3N 살쯤 되었다면 해야 할 일'에서 약간은 빗겨나 당장 하고픈 일에 몰두하는 자유를 사수하는 중이다.

글쓰기, 여행하기, 흥미로운 분야를 끊임없이 배우기.

요즘은 하라는 거 안 하고 맨날 저 하고픈 거 한다고 바쁜 애들과도 친해져서 좋다. 매일 똑같은 사는 이야기, 회사 이야기가 아닌 '하고 싶은 거 해서 돈 안 돼도 행복한 이야기'가 흘러넘치는 인간들과 모일 수 있어 기쁘다. 우선 몸과 마음의 자유 중 사수할 수 있는 부분부터 꼭 잡고 소중히 넓혀가다 보면 결국은 몸의 자유, 이를 넘어 요즘 난리인 경제적 자유에도 닿을 수 있으리라 믿는다. 자유를 위해서는 돈이 필수 조건임을 깨달았으나, 돈만 좇는 삶을 생각하면 왠지 기운이 쭉 빠지는 30대의 요즘 생각은 이렇다.

경제적 자유를 위해 하기 싫은 일을 하기보다는, 하고 싶은 일을 더 열심히 해서 경제적 자유에 닿을 순 없을까? 이 시도가 정답일지 아닐지는 알 수 없다. 아직은 해 보고 싶은 일이 많음에 감사하며 그저 묵묵히 실천해 보는 수밖엔.

그다음으로 중요하게 여기는 가치는 바로 '평화와 안정'. 하고 싶은 게 그리도 많고, 정해진 곧은 길보단 굽이굽이 굽은 길이라도 하고픈 일을 좇고 싶다던 인간이 안정이라니? 여기서 말하는 안정이란 내면의 평화를 일컫는다. 천성이 단단하지 못해 일상에 스치우는 낱장 같은 유혹에도 흔들리는 나는, 그래서 감정의 기복이 심한 편이다. 단단하지 못함을 인정하고 후천적 노력으로나마 남은 인생을 '덜 흔들리며' 사는 사람이 되고 싶다. 대단한 성취보다는 일상 속 작은 발견에도 진심으로 감사하는, 진짜 단단한 사람이 되고 싶다. 출렁대는 강물처럼 태어난 마인드가 단숨에 바위같이 변할 수는 없지만. 시멘트 가루라도 틈틈이 들이부어서 조금이나마 단단하게 바꾸려 노력해 보겠단 말이다.

마지막으로 잃지 않고 싶은 가치는 '낭만'이다. 정말로 낭만적인 사람이 되고 싶다. 가끔은 실용적인 마인드에서 탈출해 시간도 인생도 마음껏 낭비하는 사람이 되고 싶다. 낭비 속에서 성장이 일어나는 경험을 했으니 말이다.

소망하는 인간상을 종합해 보자면, 자유롭고 마음이 평온한 낭만주의자가 되고 싶다. 사실 사람의 다짐이란 시시때때로 변하기에 20대의 소망과 지금의 소망은 판이하다. 그럼에도 나중에 보면 흑역사일지도 모를 오늘의 다짐을 글로 남기는 이유는, 글로 쓰면 이뤄진다는 말을 믿기 때문이다. 미래에는 세 가지 가치를 가진 인간이 되어 이 글을 보면서 코웃음 치기를. 덜 자유롭고 가끔은 흔들리는 낭만주의 지망생이 소망한다.

당신의 삶에서 가장 중요한 가치는 무엇인가요?

NO 후회 KEEP 사랑

나는 별로 꿈이 없는 사람이었다. 이십 대 초중반, 복세편살(복잡한 세상 편하게 살자)만을 외쳤을 때가 있었다. 모든 것은 부질없다고, 목표 따위는 다 세상이 주입한 허무하기 짝이 없는 가치라고 여길 때가 있었다. 그때의 나는 인생 목표라고 여길만한 중요한 것에 접근하는 방법을 몰랐기에, 진정으로 내 인생에는 특별한 목표가 없다고 생각했던 것도 같다. 지금도 복세편살이라는 살아가는 방식에 대해서는 동일한 의견이지만, 그래서 닿고 싶은 방향에 대해서는 조금 생각이 바뀌었다.

서른 살도 넘어서야 이루고 싶은 목표가 생기다니. 참으로 늦은 사춘기를 거쳤다고 생각한다. 어쩌면 사춘기로 마구 혼란스러웠어야 할 시기에는, 더더욱 심각했던 먹고사는 문제와 사투하느라 먹고사는 것과 관계없는 이런 '고상한' 목표 따위는 신경 쓰지도 못했던 것 같기도 하고. 역시 '지랄 총량의 법칙'이 맞는지. 남들보다 조금 늦은 사춘기를 거쳤지만, 결국은 삶의 의미를 찾은 내가 사랑스럽다.

조금 늦은 사춘기를 겪고, 이제야 하고픈 업을 찾은 나는. 이번 생에 이런 일들을 꼭 해보고 싶다.

첫째, 죽는 날 후회 없이 떠나기.

아직 죽음을 떠올리기엔 이른 나이라고 볼 수도 있지만, 나는 어쩐지 서른 살이 지나면서부터 종종 죽음이 두려워졌다. 인간이 백 살쯤 산다고 치면, 벌써 삼분의 일을 살아버렸다니. 인간이 가장 튼튼할 인생의 첫 번째 토막은 그 시절의 고마움을 느껴보기도 전에 지나가 버렸다. 생명과학 역사에 획을 그을 대단한 발견이 있지 않은 한. 내 인생 역시 할머니가 70세 이후 아팠던 것처럼, 엄마가 오십 중반부터 손마디가 아파져 왔던 것처럼 그렇게 흘러갈 것이다. 가족을 통해 피할 수 없는 미래를 마주하고 나니, 더 두려워졌다.

그러나 그 두려움은 곧 에너지로 바뀌었다. 건강한 동안 즐거운 일을 많이 하자고. 버킷리스트를 쓰기 시작했다. (그중에 몇 가지는 이미 이루기도 했다.)

〈버킷리스트 (일부) 공개〉

1. 아프리카 자유여행 (달성)

2. 중남미 자유여행 (달성)

3. 스카이다이빙 (달성)

4. 사랑하는 사람과 함께 살기

5. 발리 한 달 살기

6. 여행 작가 되기 (달성)

7. 반려동물 키우기

8. 산티아고 순례길 걷기

9. 세계 6대륙 모두 밟아보기

10. 호주나 뉴질랜드 신혼여행

11. 스페인어 말할 수 있을 정도로 공부하기

12. 아프리카 사파리 투어 (달성)

13. 세계 3대 폭포 보기

14. 우유니 소금사막 가보기 (달성)

15. 우수아이아 세상의 끝 가보기

16. 누군가에게 존경하는 인물 되기

17. 자녀를 훌륭하며 독립적인 인격체로 키우기

18. 인도 북부 라다크 레 여행

19. 남인도 여행 (달성)

20. 중동 여행

21. 은퇴 후 따뜻한 나라에서 살기

22. 다합 다시 가기

26. TV 없이 살기 (달성)

27. 여행할 때 폴라로이드로 만나는 사람 찍어주기 (달성)

28. 진심으로 봉사활동 해 보기 (달성)

29. 유언장 미리 쓰기

...

  생각날 때마다 하나씩 추가되는, 죽기 전까지 꼭 해 보고 싶은 일들이다. 이루어야 한다기보단, 그냥 해 보고 싶은 일들. 이렇게 하고 싶은 일이 많음에, 그중 몇 가지는 어쨌든 의지를 가지고 실천했음에 감사한다. 육체와 영혼의 신호가 끊어지는 일은 모두에게 두려울 일이지만. 발 닿던 세상에 한이 남지 않도록, 바라는 일은 즉시 혹은 반드시 해 보기. 죽음이 두려운 내가 가장 소망하는 일이다.

둘째, 사랑이 가득한 인생을 살기.

예정보다 일찍 피어난 3월의 벚꽃도, 나를 속상하게 하는 친구도, 멀리 떨어져 지내고 비로소 애틋한 부모님도, 언젠가 나의 반쪽이 될 동반자도. 사랑하며 살고 싶다. 이렇게 사랑을 갈망하는 까닭은, 사실 내 안에 사랑이 별로 풍족하지 못하기 때문이다. 어릴 때 트라우마를 겪은 소설 속 주인공들은 그 트라우마로 인해 괴물이 되는 경우가 많다.

트라우마는 극복하기 힘들다는 프로이트식 철학에 익숙한 우리지만, 언젠가 읽었던 아들러 심리학을 믿어보려 한다.
'사실 트라우마는 없으며, 누구라도 마음먹은 오늘부터 변화할 수 있다'는 이론.
누구라도 '인생에 놓인 문제를 직시할 용기만 있다면 오늘부터 행복할 수 있다'는 결론.

트라우마에 매몰되어 처절한 결말에 이르기보단 결말에 이르기보단. 미움받을 용기, 행복할 배포를 가지고 사랑 가득한 삶을 살고 싶다. 기쁨과 슬픔의 반복이 심했던 나지만, 이런 믿음을 가지고 삶을 밀어붙이니 슬픔보단 기쁜 날이 더 많아지는 중이다. 결국은 담장 기슭에서 아슬하게 피는 개나리 가지까지 사랑하는 내가 되기를. 세상 모든 이해 안 되는 인간과 사실까지도 무던히 넘기며 기어이 사랑할 줄 아는 사람이 되기를. 나의 두 번째 소망은 그래서 사랑하기이다.

고작 3N년 사는 동안에도 가치관이 수시로 바뀌었다. 오늘은 내 삶의 목표가 '노-후회', 그리고 '사랑하기'라고 당당하게 이야기하지만, 이게 또 어떻게 바뀔지 모르겠다. 그래도 괜찮다. 남은 인생의 곡절에서 어떤 또 다른 어려움이 생길지 모르지만. 왼손에 노-후회 오른손에 사랑. 이 두 가지 손잡이를 잡은 나는, 이전과 같이 굴곡 앞에서 마구 출렁이지 않을 자신이 있다.

결국은 생이 끝나는 날 그 두 손잡이를 홀가분히 던지며. '사랑하는 날들이었다. 후회는 없었노라.'라고. 웃으며 돌아가고 싶다.

당신이 이번 생에 꼭 이루고 싶은 일은 무엇인가요?

NO REGRET
KEEP LOVE
AND
CARRY
ON

오늘 밤만 삐딱하게

(누구나 그렇겠지만) 짧다면 짧고, 길다면 길 인생을 살며 나름의 문제를 겪었다. 한때는 '삐딱함'이 세상을 바라보는 바른 방법이라 믿었다. 진리는 더 큰 집단에 의해 가리어져 있고 우리가 보는 건 그에 의해 왜곡된 일부일지 모른다며. '비판적으로 바라보기'론을 신봉하며 매사를 삐딱하게 보려 했다. 눈동자와 고개가 주로 삐딱하게 돌아있던 시절에는 삐딱한 사람만이 주변에 모였다. 같은 방향을 째려보는 눈동자들 속에서 그 방향만이 선이라 믿던 시절도 있다.

세상 모든 일을 비판적으로 바라보고 해결하려 덤벼들어도 쉬이 바뀌는 건 없었다. 그래봤자 세상은 언제나 혼란하고 늘 그렇듯 도둑놈이 넘친다고 했다. 눈도 한참 삐딱하게 뜨니 지쳤다. 고개도 한쪽으로만 늘 30도쯤 돌리고 다니니 무거웠다. 이제는 다른 생활양식이 필요했다.

'따듯한 눈으로 세상을 보기' 부류의 교육에 알레르기라도 있는 듯 온몸으로 그 생활양식을 거부하며 살아왔지만, 나부터 살고 봐야 하니 우선 다르게 살아봐야 했다.
'다른 사람의 말을 표면 그대로 듣기'
'모르는 건 모른다고 인정하고 다시 정중히 되묻기'
'혐오가 가득한 세상에서 사랑을 잊지 않기'
'사람도 사물도 사건도 사랑할 수 있음을 잊지 않기'

필요에 따라 '오늘 밤만 삐딱하게' 세상을 바라볼 줄 아는 사람이 되고 싶다. 오늘 밤도 내일 밤도 모레 밤도 삐딱하던 시절엔 느끼지 못했던 이너피스가 느껴졌다.

매일 삐딱한 고개를 지탱하며 두통에 시달리기보단. 딱 필요한 만큼만 삐딱하게 오늘의 문제를 바라본 뒤, 다음 날엔 또 왜곡 없는 눈으로 넉넉히 이 세상을 바라볼 수 있는 사람.

감내할 수 없는 거대한 불의를 마주하고 화르르 다 타버리기보단, 감당할 수 있는 만큼의 불의를 미루지 않고 매번 해결하며 사는 사람.

눈을 세모나게 뜨지 않고 둥글게 유지하려 노력하자 주변에 또 그런 사람이 모였다. 너무 먼 지구 반대편 문제에 격분만 하기보다는, 우리 동네 길 잃은 강아지와 고양이부터 챙기는 사람이 주변에 생겼다. 어쨌든 고민만 산더미인 것보다는 한 문제라도 더 해결하는 게 좋은 거니까. 내 손이 닿는 세계라도 하나씩 클리어해나가는 일이 지구 반대편의 문제보다 결코 더 미약하다고 여겨지진 않는다.

뒤늦은 사춘기가 우리에게 찾아왔다. 조금 늦어서 좀 더 고될지라도 이 시간은 한번은 거세게 겪어낼 만한 가치가 있다.

남들이 '지랄-시기'라고 당신의 두 번째 사춘기를 깎아내릴지라도, 당신의 N춘기를 온몸으로 즐기시기를. 겨울이 끝나고. 당신도 진짜로 살고 싶은 방향을 찾아내기를. 바란다.

당신의 N번째 지랄-시기를 온몸으로 겪어내고 있나요?

서른 살 사춘기,
삼십춘기

초 판 1 쇄 2025년 1월 15일
지 은 이 오수정
일 러 스 트 ebonie
펴 낸 곳 하모니북

출판등록 2018년 5월 2일 제 2018-0000-68호
이 메 일 harmony.book1@gmail.com
홈 페 이 지 harmonybook.imweb.me
인스타그램 instagram.com/harmony_book_
팩   스 02-2671-5662

979-11-6747-211-3 03810
ⓒ 하모니북, 2025, Printed in Korea

책값은 뒤표지에 있습니다.

이 도서의 국립중앙도서관 출판예정도서목록(CIP)은 서지정보유통지원시스템 홈페이지(http://seoji.nl.go.kr)와 국가자료공동목록시스템(http://www.nl.go.kr/kolisnet)에서 이용하실 수 있습니다.